Lo strano caso del commissario Cirillo

Nicola Paone

EDIZIONI VULCANICHE

*Tutti i poliziotti felici si assomigliano fra loro,
ogni poliziotto infelice è infelice a modo suo.*

Dello stesso autore:

In culo alla luna in braccio alle stelle

Una vita controtempo

Il mistero dei Maronti

Fili perduti

Delitti in Ordine

SOMMARIO

«Eccolo! Il 123! Fermati! Fermati!» sentì urlare.

Non fece in tempo a girarsi per capire chi lo stesse chiamando, che un pugno lo aveva già raggiunto in pieno viso. Sentì il *crack* del naso che si rompeva, cercò di guardare da dove fosse arrivato quel montante, e mentre gli girava la testa, subito un altro cazzotto lo colpì diritto nell'occhio. Il dolore cominciò ad arrivare forte al cervello, percepì un odore pungente, poi un sapore caldo, metallico: era il suo sangue che dal naso aveva raggiunto la bocca.

Improvviso, giunse un altro colpo allo stomaco. Micidiale. Gli mancò il respiro e crollò a terra. Percepì la scarica di calci che andavano a segno senza pietà su tutto il suo corpo. Alla fine, il buio.

***

Correva forte, Giovanni, il cuore gli batteva a mille ma non poteva fermarsi. Era inseguito da due energumeni, aveva la paura negli occhi e le ali alle gambe. Poco prima si era fermato al banchetto delle iscrizioni della mezza maratona, una gara lunga circa dieci chilometri che un'associazione sportiva aveva organizzato per la prima domenica di luglio.

Si partiva da via Caracciolo, sul lungomare, per proseguire fino a Mergellina e passare sotto il tunnel di Fuorigrotta, fino ad arrivare allo Stadio Diego Armando Maradona. Una volta completati i primi cinque chilometri, si tornava indietro al punto di partenza.

Scrisse il suo nome e cognome, Giovanni Del Gaudio, dentro una griglia stampata su di un grande foglio, seguito da indirizzo e numero del documento. Vincenzo Esposito, suo amico da sempre e compagno di tante maratone, gli aveva lasciato la sua carta d'identità, una di quelle vecchie, cartacee e pieghevoli, di colore marrone.

«Iscrivi anche me» gli aveva chiesto. «Arriverò più tardi.»

Giovanni, quindi, scrisse anche il suo nome nell'elenco, poi ritirò le due casacche, la 123 e la 124. Indossò la prima e fece per avviarsi al bar, in una delle traverse adiacenti al lungomare, dove aveva appuntamento con Vincenzo. Un'agitazione alle sue spalle gli comunicò una sorta di inquietudine. Si voltò per un attimo e vide due energumeni che, facendosi largo tra la folla in malo modo, avevano raggiunto il banchetto delle iscrizioni. Nonostante il senso di pericolo, restò fermo a guardare, e vide uno dei due ceffi che spintonava la ragazza addetta all'accettazione, facendola cadere rovinosamente a terra. L'altro agguantò la lista dal banchetto e la mostrò al compare. Vi fu un fuggifuggi generale perché i presenti annotarono, nell'ordine, due volti poco raccomandabili, molti tatuaggi bene in mostra sulle braccia e, soprattutto, il calcio delle pistole che fuoriusciva dalle cinture.

«È il 123, ha già preso la casacca» disse il primo, alzando lo sguardo per cercarlo tra la gente.

L'altro, il più brutto, una cicatrice sulla guancia sinistra e una rosa tatuata sul collo, scrutò tra quel che restava della folla. Aveva la vista lunga, guardò a destra, poi a sinistra. E lo beccò. «Eccolo!» gridò all'altro. E cominciò a correre.

Giovanni capì subito di essere diventato un bersaglio e cominciò a correre più veloce che poteva.

I due scagnozzi si fecero largo tra la gente, che si spostava velocemente al loro passaggio. Giovanni, che aveva i diavoli alle calcagna, aumentò l'andatura, ma gli altri correvano più veloci. Oltretutto lo slalom tra i presenti, incuriositi in parte, impietriti dall'altra, a seconda dei corridoi che si aprivano nel gregge, pareva ora avvantaggiare il fuggitivo, ora gli inseguitori.

Come Dio volle, prima di affrontare l'ultima curva, si ritrovò con un piccolo vantaggio sugli aguzzini. Il luogo dell'appuntamento era infatti dietro l'angolo. Giovanni si fermò di colpo. Si appiattì al muro. Tolse la pettorina numero 123, indossò la 124 e ripartì. Quando svoltò l'angolo, vide Vincenzo che lo attendeva sulla soglia del bar, incuriosito da quel fuori programma. Con un sorriso forzato e prontezza di spirito: «Ho cominciato a fare riscaldamento» ansimò. «Prendi la tua casacca e indossala subito.»

L'amico se la infilò e lo ammonì: «Vacci piano, però, mica devi esagerare…».

«Vado un attimo al bagno, aspettami qua.»

Vincenzo gli ricordò che doveva restituirgli la sua carta d'identità.

«Te la do dopo» disse Giovanni. E scomparve dentro al bar.

Qualche secondo dopo, apparvero gli energumeni da dietro l'angolo. «Il 123!» ruggirono…

Dal finestrino del bagno, Giovanni Del Gaudio assistette a tutta la scena del pestaggio. Vincenzo non si muoveva più quando arrivò un'auto, inchiodò le ruote vicino al corpo massacrato di botte e i due energumeni lo scaricarono dentro al portabagagli. La macchina di grossa cilindrata ripartì, sgommando.

Si sfilò la pettorina e uscì finalmente dal bagno. Vide il gestore del bar che stava telefonando alla polizia, e senza farsi notare, sgattaiolò in strada, dileguandosi nel dedalo di vicoli e stradine attorno a via San Pasquale a Chiaia.

Si fermò a un bancomat, prelevò il massimo della somma prevista dal suo conto corrente. Duemila euro. Faticò a metterli da parte perché la tasca era già ingombra. Vi tastò qualcosa: era la carta d'identità del suo amico. La prese, la guardò. Quando sollevò lo sguardo, chiedendosi cosa farne, trovò miracolosamente la risposta alla sua domanda muta: lì, dinanzi a lui, c'era una di quelle macchine automatiche per fototessere. Non stette lì a valutare il piano che via via prendeva corpo nella sua mente. Si accomodò sul sedile, inserì la moneta. Si aggiustò i capelli, fissò l'obiettivo, attese i quattro scatti. Recuperò la strisciata appena asciutta e con molta cura piegò la prima foto al bordo inferiore, separandola dalle altre tre. Quindi, prese la carta d'identità e staccò con ancora più attenzione la foto di Vincenzo, stando bene attento a non rompere i due piccoli cerchi metallici che la fissavano. La sostituì con la sua, incastrandola con gli stessi fermi. Strappò in mille pezzi le rimanenti e le infilò sotto il pavimento di metallo della cabina, nell'angolo in cui aveva notato un piccolo scollamento.

Fatto! Da quel momento era diventato Vincenzo Esposito, nato a Napoli il 15 settembre 1989. Giovanni Del Gaudio era scomparso per sempre.
Con calma, si avviò a piedi verso piazza Garibaldi ed entrò nella Stazione Centrale. Fissò il tabellone luminoso delle partenze: i primi tre treni in partenza erano diretti a Roma, Firenze e Milano. Decise sul momento che la sua nuova vita sarebbe iniziata nella capitale. Comprò un biglietto alla distributrice automatica.
E partì.

«Maria! Maria! Dove cavolo ti sei rintanata? Ci sono clienti, vieni fuori!»

La voce di Alberto rimbombava tra le pareti del negozio di calzature, mentre tre signore, in attesa di essere servite, stavano perdendo la pazienza.

Poco prima, la ragazza aveva sistemato le scarpe nello sgabuzzino che fungeva da magazzino. Aperta una scatola, s'era incantata dinanzi a un paio extralusso in vernice rossa, con tacco a spillo da dieci centimetri in metallo lucido. Se ne strinse una al petto. Erano così belle che Maria si lasciò andare su uno sgabello, cominciando a volare con la fantasia. Immaginò una meravigliosa villa, la serata di gala, tanti invitati eleganti, e lei che arrivava accompagnata da Alberto in smoking, a farle da autista dentro una decappottabile bianca. Poi, lui le apriva la portiera e lei si avviava tra due ali di folla verso l'ingresso, mentre la gente applaudiva e i fotografi facevano a gara per riprenderla. Il rumore dei flash e le grida di ammirazione dei fan in delirio, a caccia d'una foto o d'un autografo la stordirono tanto che Maria si addormentò di colpo, con la testa appoggiata a una pila di scatole.

Alberto aprì la porta dello sgabuzzino e la trovò a dormire beatamente con un sorriso ebete stampato sul viso.

«E tu che fai? Dormi?!» urlò.

Lei si svegliò di soprassalto. Presa dallo spavento, lanciò uno strillo e roteò le braccia alla rinfusa. Libera da sogni e costrizioni, la scarpa che aveva tra le mani descrisse per aria una traiettoria elegante, ma perversa. Puntò contro l'uomo, colpendolo in volto, proprio con il tacco in metallo. Fu fortuito, certo, ma la fronte, squarciata, cominciò a sanguinare copiosamente…

***

Maria aveva appena compiuto diciotto anni. Suo padre, un operaio, lavorava in una piccola azienda che produceva cuscinetti a sfera. Sgobbava dodici ore al giorno per portare a casa uno stipendio più o meno decente. La madre faceva la sarta, piccoli lavori sugli abiti di vicini e conoscenti: a volte delle pieghe ai pantaloni, altre occorreva stringere o allargare di una taglia un vestito… Poiché i soldi non bastavano mai, la giovane trovò un posto di commessa in un negozio di scarpe. Cento euro a settimana, poche ma sicure.

Maria nutriva una passione smisurata per la musica e amava cantare. Se la cavava bene, le qualità non le mancavano. Dotata di una voce potente e aggraziata da soprano, mancava però di tecnica, che l'avrebbe aiutata a gestire meglio il suo talento; ma restava un'autodidatta perché non poteva permettersi delle lezioni private. Ogni venerdì sera si esibiva con il suo gruppo, *I rintronati*, nei vari localini di Napoli, sognando altri palcoscenici e di diventare famosa come Madonna, il suo idolo.

Tuttavia il tirare tardi al locale aveva proprio quel rovescio della medaglia. Reduce da una serata in discoteca dove s'era esibita fino alle quattro del mattino, rientrando a casa all'alba, si ritrovava ora, che era sabato, giorno di maggiore afflusso di clienti per lo shopping, mezza insonnolita e svagata. Ecco perché s'era inevitabilmente assopita appena ce n'era stata l'occasione…

***

Ancora stranito da quell'imprevisto, Alberto si era procurato un taglio di due centimetri con quel tacco che l'aveva colpito a mo' di proiettile. Maria vide il volto di lui ricoprirsi di sangue e tornò in sé. Afferrò un rotolo di scotch da imballaggio, ne strappò un pezzo, ci sputò sopra e glielo appiccicò sulla fronte.
«La saliva» spiegò. «La saliva disinfetta!»
Con l'altra mano, intanto, cercava di pulirgli il viso con un foglietto di carta velina sfilata a forza dalla prima scatola di scarpe che le venne a tiro. Rintronato dal colpo e spiazzato da tutta quella frenesia, il ferito se ne restava lì, come in bambola e la lasciò fare.
Ma le tre clienti cominciarono a lamentarsi.
«C'è ancora molto da aspettare?» chiese stizzita la prima, con le altre due che le davano man forte, mormorando un misto di dissenso e disprezzo.
Alberto si riebbe, spinse via la sua improvvisata curandera e con un guizzo si precipitò verso di loro.
 «Eccomi, abbiate pazienza…» si scusò, seguita a ruota da Maria con ancora in mano la carta velina sporca di sangue.
Vedendolo in quello stato, la signora più anziana si fece il segno della croce indietreggiando; la seconda svenne sul colpo, la terza scappò a gambe levate gridando aiuto.
«Ne abbiamo perse tre in un colpo» annotò lui, sconsolato, mentre ancora Maria cercava maldestramente di pulirgli il viso.

«Mi spiace assai. Il fatto è che non ti avevo sentito arrivare e mi hai colto alla sprovvista…»

«Il fatto è» insisté lui, sempre più depresso, «che da quando lavori qui gli affari sono crollati e la mia salute è peggiorata.»

«Mi stai licenziando?» chiese lei con occhi addolorati. Sembrava una gattina pentita dopo aver combinato un pasticcio.

Imbarazzato, Alberto sospirò: «Devi stare più attenta. Fai un altro mese di prova e poi tiriamo le somme». E chiuse il discorso lì, allontanandosi intanto che cercava di togliersi via quello stramaledetto scotch dalla fronte.

Quella sera, Maria tornò a casa alle nove, stanca morta e demoralizzata. Per il negozio il sabato era sempre stato un giorno pieno di clienti, che nel periodo dei saldi aumentavano esponenzialmente. Suonò il campanello di casa due volte, ma non le aprì nessuno. Quindi vi si appoggiò con la fronte, facendolo suonare ininterrottamente. Era un fa diesis, pensò soltanto, per via di quelle strane circonvoluzioni che produce un cervello esausto. Così lo associò a un brano di Madonna, *Like a prayer*, e cominciò a canticchiarlo lì.

Immaginò di accompagnare la sua popstar del cuore. Erano in tour e quello non era più un misero ballatoio di casa popolare. No. Era un palco pieno di fumo, illuminato da fasci di luce colorata, dinanzi a migliaia di persone festanti che battevano le mani a tempo, mentre lei e le altre coriste si muovevano sinuose seguendo quel ritmo scandaloso. E ancora una volta, di colpo, in quella assurda posizione, si addormentò.

***

La mattina seguente, domenica, il suo cellulare prese a squillare come un indemoniato. Erano le dieci, Maria si trovava ancora nel pieno del sonno, in quella fase REM (nota anche come "fase del sonno paradossale") in cui la mente abbandona tutti i muscoli del corpo, che subisce quasi uno stato di paralisi, ma paradossalmente il cervello è in piena attività. Ed è solo in quel momento che si sogna.

Carmela, sua madre, era in cucina a preparare il caffè. Metodica, caricò la macchinetta come al solito. Riempì d'acqua la caldaia fino al segno, versò la polvere di caffè nel filtro ottenendo una cupola che non andava pressata, avvitò la macchinetta fino in fondo alla filettatura e la mise sul fornello a fiamma bassa. Attese con calma che dalla cannula centrale la moka stillasse le prime gocce, le versò in una tazzina dove aveva messo quattro cucchiaini di zucchero e preparò la cremina da aggiungere poi alla bevanda. Il caffè cominciò a gorgogliare mentre quel maledetto cellulare continuava a squillare. Carmela poggiò la tazzina sul comodino, prese il telefono, lesse sul display il nome di Andrea, il tastierista del gruppo e rispose.

«Mi auguro per te che si tratti di una faccenda molto seria.»

«Sabato cantiamo all'Hard Rock!» urlò quello dall'altra parte in pieno raptus euforico.

«Ne sono lieta» rispose Carmela, laconica.

«All'Hard Rock!»

«Ho capito. Lo dirò a mia figlia quando risorgerà dal suo letto. Ti auguro una buona domenica.» E chiuse la comunicazione sullo scatenato entusiasmo del giovane.

Ben oltre mezzogiorno, Maria finalmente si svegliò. Il suo caffè era ormai freddo ma non ci fece caso. Grugnì un saluto alla madre, e vagando in semicatalessi, si diresse in bagno...

Antonio Cirillo, commissario della stazione di Chiaia, stava seguendo lo strano caso della scomparsa di Giovanni Del Gaudio. Aveva subito convocato il barista per cercare di comprendere la dinamica dei fatti. «Se ho ben capito, signor Russo, lei ha visto due tipi molto robusti che hanno picchiato fuori dal suo bar uno dei partecipanti alla maratona...».

«Signorsì. Il 123, per l'esattezza.»

«Poi sul posto è arrivata una Bmw nera, con la targa occultata. I due scagnozzi hanno infilato questo maratoneta dentro al cofano e sono ripartiti a tutta velocità.»

«Proprio come dite voi, signor commissario.»

«E quant'è durata tutta 'sta storia?»

«Un minuto, massimo due.»

"Veloci" pensò il poliziotto.

«Commissà, era la prima volta che assistevo a una cosa simile, anche se, credetemi, sto in piazza e ogni giorno ne vedo di tutti i colori...»

Anche Cirillo, nella sua carriera, ne aveva visto e ne vedeva di tutti i colori, eppure non avrebbe mai usato una simile espressione. Infatti da tempo era afflitto da una singolare patologia neurologica: un daltonismo non provocato da scarsa funzionalità oculare, bensì da un disturbo mentale che gli impediva di riconoscere tinte e cromie. Dunque, il commissario dai colori era sempre fuggito. Troppo doloroso associarli a determinati ricordi: dal rosso, come il sangue che vedeva scorrere dai corpi delle vittime, al verde dei soldi sporchi che facevano girare il mondo, fino al giallo associato all'invidia che corrodeva lentamente le anime degli incapaci. La sua era una bizzarra forma di daltonismo psicosomatico, così gli avevano detto i medici. Insomma, gli occhi non erano malati, ma la mente si rifiutava di riconoscere i colori. Lo psicologo che conosceva da anni sosteneva che, in qualche modo, anche per colpa del suo lavoro, Antonio si era rifugiato dentro un vecchio film in bianco e nero, un mondo binario dove tutto è nitido, la parola data vale come un contratto scritto e una stretta di mano equivale a un'obbligazione firmata.

Dopo aver osservato il barista per un po' di secondi, la matita che picchiettava sul bordo della scrivania come un metronomo, il commissario soffiò aria dal naso e chiese: «Ma non ricorda proprio null'altro? L'aspetto dei due delinquenti, la faccia di chi guidava l'auto...».

«Erano di spalle, non li ho visti. Però...»

«Sì?»

«Commissà, è una cosa strana, ma non so come dirlo...»

Era un imbarazzo del tutto fuori luogo, pensò Cirillo, infastidito da tutta quella reticenza. «Come le viene. Lo dica come le viene.»

«Ecco, la macchina... la Bmw... non aveva il guidatore.»

«Intende dire che camminava da sola?» sbottò.

Silenzio.

«Con l'autopilota?» alzò la voce.

Silenzio.

«Mi vuol far perdere tempo?» urlò ancora più forte.

L'altro allargò le braccia. «Commissà, io la macchina l'ho vista bene. Stava dieci metri alla sinistra del mio bar e vi posso assicurare che la testa del pilota non c'era. E manco la mano sul cambio. Sembrava telecomandata.»

«Telecomandata?»

«Lo so che è difficile crederlo, ma io ho visto quel che ho visto. E poi i due si sono seduti uno davanti, sul lato passeggero, e l'altro indietro, finché la macchina è ripartita.»

«Da sola.»

«Da sola, signorsì.»

Cirillo sospirò. «Va bene, Russo, vada pure.» Poi si rivolse all'appuntato che aveva annotato i risultati del colloquio: «Carbone, hai scritto tutto?».

L'altro fece cenno di sì con la testa. Adesso il commissario camminava nervosamente nel suo ufficio. Quando gli pigliava così, vittima impotente di quello stato di ansia, come animate da un'energia invisibile, le vertigini dei suoi capelli si risvegliavano di vita propria; così, diversi ciuffi avevano preso a rizzarsi sulla testa puntando ciascuno in una direzione diversa e fornendo un quadro d'insieme ridicolmente inquietante.

In quella, entrò a colloquio l'assistente capo Nicola Lofabio.

«Allora, novità?» chiese Cirillo. «Che indizi abbiamo?»

L'altro consultò il suo fedele taccuino: «Che tutte le testimonianze concordano. Del Gaudio è stato inseguito dal banchetto delle iscrizioni fino al bar, poi è stato picchiato violentemente dai due energumeni e infine l'hanno caricato sulla Bmw con targa oscurata».

«Commissario…» fece capolino l'agente scelto Pasquale Palmese.

«Che c'è, Palmese?»

«Di là, sono arrivati i giornalisti.»

«C'è pure quel rompicoglioni di Aiello di *Trustpage*?»

«È stato il primo.»

Seduto all'angolo della sua scrivania, Cirillo sbuffò.

«Quello è sempre il primo. Anche oggi già me lo vedo a fare domande del cazzo: "Commissario, è vero che brancolate nel buio? E il questore è stato informato? Lo volete il nostro aiuto nelle indagini?". Un impiccione…»

Mentre il commissario si agitava, i suoi pantaloni si erano ritirati fino a scoprire i calzini. Palmese li stava fissando, poiché uno era marrone chiaro e l'altro blu. Spaiati, come al solito, proprio perché anche nel vestirsi, Antonio non era in grado di distinguere i colori.

«Invece di guardarmi i piedi, c'è altro?»

L'agente si riprese subito e distolse lo sguardo.

«Trenta metri oltre il bar ci sta una bottega di fornaio. L'ho interrogato e mi ha detto che gli sembrava… che forse… certo, non ci poteva credere manco lui…»

«Palmè, viene al sodo!»

«Gli era parso che la Bmw…»

«Non avesse guidatore» concluse Cirillo al posto dell'altro.

«Commissà, già lo sapevate?»

«Sì, ma tu ripetimi le sue parole precise.»

«*La macchina camminava da sola…*» scandì bene le parole per evidenziare che non erano le sue.

«Questi mi vogliono fare impazzire!» ruggì Antonio, i capelli ancora più diritti sulla testa e gli occhi spiritati.

«C'è qualcuno che mi spiega com'è possibile che una macchina cammini da sola?»

Si passò una mano in faccia, scuotendo la testa, e parve con quel gesto di esser riuscito a tener sotto controllo tutta la sua frustrazione. «Voi due...» concluse poi, guardando i suoi sottoposti, «voglio sapere vita e miracoli di questo Del Gaudio. Andate e non tornate a mani vuote!»

Cirillo stava rileggendo per l'ennesima volta la testimonianza del Russo e gli appunti dei suoi due sottoposti. Dare un senso a quella vicenda, però, che allo stato attuale mostrava più lacune che certezze, risultava un'impresa titanica. Sentì bussare alla porta.

«Commissario...»

«Che c'è, Palmese? Non dirmelo: avete fermato un pullman turistico che, senza conducente, si faceva un giretto per la città.»

Il sarcasmo non sfiorò nemmeno l'agente scelto, che proseguì come se il superiore manco avesse parlato.

«In realtà ne è scomparso un altro.»

«Di autisti invisibili?»

«No. Ora manca pure il 124.»

«Stai dando i numeri?» chiese Cirillo, in stato confusionario.

«Gnornò. La maratona.»

«La pettorina?»

«Quella... Qui c'è la moglie. Che faccio? La faccio entrare?»

Scortata dal poliziotto, un metro e ottanta di pura sensualità femminile entrò nell'ufficio di Cirillo. Avvolta da un persistente profumo fruttato, Elena Cerbone era un esemplare felino dalla camminata fluente, le spalle diritte, lo sguardo fisso dinanzi a sé. Invitata a sedere dinanzi alla scrivania, con gesto sinuoso e aggraziato, accavallò le lunghe gambe affusolate, mentre, con la punta della scarpa destra, una meravigliosa décolleté in vernice rossa e tacco dieci, in metallo lucente, disegnava un cerchio sul pavimento. Con la mano sinistra smosse i lunghi capelli biondi per sfilare la piccola borsa griffata che portava a tracolla, e nel farlo, intanto che si girava, mostrò al commissario l'ampia scollatura posteriore del tubino in seta rosa e una generosa porzione di schiena.

Antonio, che era rimasto colpito da quella improvvisa visione muliebre, parve anche più affascinato da quell'aroma invadente che gli ottenebrava le narici; perché aveva, sì, problemi coi colori ma l'olfatto lo teneva buonissimo, e per sua passione personale s'era fatta una certa competenza profumiera.

«C'è del mango acerbo acidulo...» azzardò. «Un sentore di fior di loto... una nota di sicomoro... sbaglio?».

Palmese lo guardava sbalordito, la donna gli sorrise.

«Complimenti, commissario. È il giardino sul Nilo.»

«Giù a Spaccanapoli?» chiese l'agente scelto, che dinanzi a quella bellezza prorompente intendeva fare sfoggio di una cultura che non aveva, riferendosi alla statua alessandrina del fiume egizio edificata nel centro antico della città.

La nuova arrivata scosse educatamente la testa, il commissario allargò le braccia.

«Pasquà, è Hermès. Ne capisci tu di profumo francese?»

«Io no!» ammise quello.

«E allora non facciamo perdere tempo alla signora. Signora...?»

«Elena Cerbone, commissario. Sono la moglie di Vincenzo Esposito.»

«Vincenzo Esposito» precisò Palmese, «è l'amico di Giovanni Del Gaudio. Si sono iscritti insieme alla maratona.»

«Mi dica tutto…»

«Dal giorno della maratona mio marito non è tornato a casa.»

«Avete atteso un po' a decidervi di denunciare la scomparsa.»

«Ho pensato che stesse con il suo amico. Quando stavano insieme si scordavano di tutto e di tutti, e non era la prima volta che i due compari rientravano in orari impossibili.» Tirò fuori una fotografia raffigurante un quarantenne prestante, su un motoscafo, in costume da bagno, fucile acquatico in una mano e cernia di una decina di chili nell'altra. «Ma il tempo passava, il telefono ce l'ha spento, e quando mi sono informata sulla gara…»

«Non è mai arrivato al traguardo?»

«Peggio, commissario. Peggio. Non è mai partito!»

Una lacrima tentò la fuga dai suoi occhi e un mezzo singhiozzo le squassò il petto generoso. Subito Palmese si premurò di allungarle un fazzoletto di carta, intanto che allungava uno sguardo indelicato nella scollatura di lei. La donna lo ringraziò, tamponando quell'accenno di liquido dolore.

"Ma cos'è stamattina, il ratto dei maratoneti?", pensò Cirillo, che però, fissando la foto, disse: «Signora Elena, suo marito che lavoro fa?».

«L'operaio alla Fiat.»

«Vita? Per quel che le risulta, s'intende…»

«Regolare. Esce alle sette del mattino e rientra alle sei di sera.»

«Debolezze?» insinuò Cirillo.

«Niente vizi. Solo una passione smodata per la corsa che condivide con Giovanni. Spesso il fine settimana, vanno in giro per l'Italia per partecipare alle gare dilettantistiche.»

«Altro di particolare? Problemi famigliari?»

La donna sospirò e scosse la testa.

«Va bene, signora Cerbone. Per ora può andare, ci occuperemo noi della cosa.»

«Commissario…» lo chiamò lei quando era già arrivata alla porta.

«Sì?»

«Me lo ritrovi.»

«Faremo il possibile, stia tranquilla» cercò di rassicurarla Cirillo, che notò come Palmese s'era precipitato ad accompagnarla fuori dall'ufficio.

«Pasquale!» gridò.

Quello si affacciò sull'uscio. «Commissario, io starei andando…»

«Tu resti qua, che dobbiamo parlare. Spaccanapoli…»

Con un'aria contrariata, l'agente scelto sedette di fronte alla scrivania.

«Non hai notato nulla?» gli chiese Cirillo, che aveva afferrato una matita dal tavolo e la ruotava nevroticamente in una mano.

«Che la signora, se mi posso permettere, è bona assai?»

«Sì, è bellissima, ma questo è palese per tutti! Parlo di quel che…» E fece un gesto per aria, come a voler descrivere i particolari dell'outfit della signora. «Non hai visto la borsa di Hermès?»

«Quello del profumo?»

«E l'abito di Gucci? Le scarpe di Chanel?»

«No, commissario, non mi intendo di marche.»

«Ma secondo te la moglie di un operaio si può permettere quelle cose? Solo la borsa costerà cinquemila euro! Voglio che Lofabio segua questa Elena Cerbone e mi faccia sapere dove va, che vita conduce e chi frequenta.»

«Posso seguirla io?»

«Ho detto Lofabio» insisté Cirillo, incrociando le braccia. «Toglitela dalla testa, Pasquà, e prendi notizie sul marito.»

L'altro, rassegnato, obbedì e uscì dalla stanza.

L'assistente capo entrò nella stanza con un foglio in mano. Uno solo, che gli mostrò.

«Lofà, e queste sono tutte le notizie che abbiamo su Del Gaudio?»

«Commissario, Del Gaudio è il nulla fatto carne! Non ha parenti né amici, se si eccettua Vincenzino Esposito. Il lavoro? Fa l'attrezzista per piccole band musicali: monta il palco, porta la corrente agli strumenti e collega gli amplificatori, poi alla fine del concerto smonta tutto…»

«E dove vive?»

«In un piccolo monolocale a piano terra in un vicolo isolato di Secondigliano.»

«I vicini?»

«Hanno fatto fatica a metterlo a fuoco. Le poche persone che se lo ricordano dicono che è un tipo molto schivo, non dà confidenza a nessuno. Buongiorno e buonasera, se tutto va bene.»

«Hai controllato il numero di cellulare?»

«Le uniche chiamate che ha fatto sono quelle con Esposito.»

«Questo non ci aiuta» ammise Cirillo. «Intanto, però, segui la Cerbone e fammi sapere. Io vado a sincerarmi di una cosa…»

Si mise in macchina e si diresse da un concessionario Bmw. Entrò.
«Buongiorno» lo accolse il venditore, con un gesto ampio del braccio che includeva tutte le auto esposte in bella mostra. «È interessato forse a un modello in particolare?»
«Veramente no» rispose, mostrando il tesserino. «Sono il commissario Cirillo e vorrei farle qualche domanda.»
L'altro si allarmò: «Ma è successo qualcosa?».
«No, no. Una semplice informazione tecnica» lo rassicurò. «Tra i vostri ultimi modelli, per caso, ce n'è uno che… insomma, come dire?, faccia a meno del guidatore?»
Il concessionario lo guardò sgranando gli occhi.
«Mi spiego meglio: esiste la possibilità che una vostra vettura… cammini da sola?»
«Ah, commissario, lo escludo del tutto! Abbiamo raggiunto l'automazione di guida ma soltanto al livello tre.»
«Terzo livello?»
«Sì, quindi l'auto frena da sola se trova un ostacolo, gira da sola in presenza delle strisce di mezzeria, manda degli allarmi per gli angoli morti in fase di sorpasso. Ma per la guida totalmente autonoma, se lo lasci dire, passeranno perlomeno altri dieci anni.»
«Eppure ho letto che negli Stati Uniti stanno facendo degli esperimenti in tal senso.»
«Ne sono al corrente anch'io, sì.»

«E non è dunque possibile che uno di quei sistemi sia stato già installato su una vostra vettura?»
«Guardi, è talmente improbabile che lo escludo del tutto. I sistemi che dice lei hanno una serie di sensori, di antenne e un software costosissimo. Diciamo che oltre al costo di svariati milioni, occorrerebbe anche uno staff di centinaia di ingegneri e tecnici che seguano il prototipo. Se poi aggiunge la variabile che rende veramente impossibile la cosa, cioè il traffico di Napoli, e l'interpretazione del tutto arbitraria dei napoletani dei cartelli stradali, commissario, questo chiude ogni porta alla guida autonoma.»
Cirillo non poté che concordare. Gli strinse la mano, soddisfatto, e se ne tornò in ufficio…

Come faceva sempre, quando era in cerca di ispirazione, il rientro al commissariato prese una strada più lunga. Per raccogliere le sue idee, Cirillo era solito passeggiare tra la folla, senza meta apparente, in compagnia di domande e pensieri. Lasciò la macchina, s'incamminò. Da via Chiaia arrivò fino a Toledo. Osservava persone e vetrine, assorto e all'apparenza non presente a sé stesso.

La vetrina illuminata di un negozio di calzature finì sulla traiettoria del suo sguardo indolente. In bella vista, lì, sotto i suoi occhi, si pavoneggiavano un paio di décolleté con tacco in metallo lucido, identiche a quelle che indossava Elena Cerbone.

Entrò e si avvicinò alla cassa, dove una ragazza con la testa appoggiata al banco se la dormiva della grossa.

«Signorina… Scusi, signorina…» Le poggiò una mano gentile sulla spalla e la scosse delicatamente. Quella si svegliò di colpo.

«Mamma mia, chi sei!?» gridò, facendo volare i fogli e il calzascarpe poggiati al bancone.

Alberto stava sistemando gli scaffali sul retro. Accorse trafelato.

«La scusi tanto, stava dormendo come al solito. Va' di là» l'ammonì, «che poi facciamo i conti.»

Maria non si mosse e Cirillo scosse la testa per dimostrare che non era accaduto niente di irreparabile.

«Sono Alberto Monaco» riprese l'altro, «il titolare del negozio. Come posso aiutarla?»

«Ho visto in vetrina quelle scarpe col tacco in metallo…»

Maria subito lo interruppe, cercando di rendersi utile. «Quelle rosse! Certo, lei che numero porta?» chiese in automatico, ancora rintronata dal sonno, senza rendersi conto di quel che le usciva di bocca.

«Il 43… ma non devo comprarle per me» le sorrise Antonio.

«Ah, mi scusi» balbettò la ragazza, che avrebbe voluto scomparire.

«E non sono un cliente ma un commissario di polizia.» Le allungò il tesserino dinanzi agli occhi che ora avevano perso del tutto la vacuità del sonno e restavano sgranati in attesa di possibili rogne. «Mi interessa sapere quanti in città vendono proprio quel modello.»

«Commissario» intervenne Alberto, «quelle scarpe non le trattiamo solo noi. A Napoli ci sono almeno una decina di negozi che le vendono.»

«È un modello costoso, immagino…»

L'altro annuì. «Molto costoso, sì. Immagino che sia per un'indagine…»

«Immagina bene. E anche riservata.»

«E allora» si compenetrò il proprietario, «se vuole, le stilo un elenco dei distributori locali e glielo porto in commissariato.»

«Sarebbe perfetto, signor Monaco. L'aspetto per domani, allora, e la ringrazio.» Cirillo stava per lasciare il negozio quando si voltò, come se proprio in quel momento gli fosse venuta in mente un'altra domanda. «Molto costose, ha detto. Quindi non ne vendete tante…»

Alberto sorrise, compiaciuto. «Non lo immagina, commissario. Certo, non è un prodotto alla portata di tutte. Ma poi, anche chi non se le potrebbe permettere, fa dei sacrifici e si compra questo status symbol che soddisfa la vanità femminile e la voglia di apparire.»

Cirillo constatò: «Vanità femminile che è alla base del vostro mestiere…».

L'altro allargò le braccia. «Ci sono le scarpe comode, quelle belle, e quelle da sogno. Noi accontentiamo tutti.»

Il richiamo al sogno dovette come ridestare la ragazza, che provò a confermare i dati del suo principale, ma intervenne a sproposito: «E comunque, direttore, di questo modello c'è rimasto solo quello in vetrina, dopo l'incetta che ne ha fatto quella spilungona bionda, il mese scorso».

«Sabato provvederemo al ricarico» confermò il proprietario. «Allora, signor commissario, ci vediamo domani…» Ma le sue parole si persero nel vuoto perché il poliziotto s'era soffermato all'attimo precedente.

«Scusi, signorina, come ha detto?»

«Cosa?» fece lei, timorosa d'aver combinato un guaio.

«Prima. Cos'ha detto?»

«La spilungona bionda? Ma non è offensivo, è solo che…»

«È solo che è una bella donna molto avvenente e alta su per giù sul metro e ottanta, vero?»

Maria annuì. «Il mese passato ne ha comprate due paia uguali. L'ho servita io stessa. Ricordo che le pagò in contanti senza chiederci nemmeno lo sconto: milleduecento euro.»

"Uno stipendio", pensò Antonio, che invece disse: «Due paia uguali ma dello stesso colore?».

«Proprio così» confermò il titolare. «Due paia di scarpe dello stesso colore, rosso, e della stessa misura 40.»

«E non lo trova strano?» gli chiese l'investigatore.

«Bizzarro, forse, ma con certe clienti non ci meravigliamo più di niente. Basta che paghino!»

Cirillo si rivolse alla ragazza: «Può fornirmi altri particolari su di lei?».

«Vede, commissario, io faccio la cantante. Il venerdì notte suono nei locali, per passione e per arrotondare…»

Alberto Monaco le lanciò uno sguardo severo. Maria proseguì.

«E l'ho riconosciuta subito, come poteva essere diversamente!? È venuta una o due volte ad ascoltarmi al locale dove mi esibisco con il mio gruppo, il Club 91. Sa, una donna così vistosa non passa inosservata.»

«Ha ragione» approvò Cirillo. «Grazie, Maria. Lei mi è stata molto utile.»

Lei sorrise, e alzò un dito, come per un'interrogazione scolastica.

«Sì?»

«Commissario, ma poi l'avete già ritrovato a Giovanni?»

«Maria, non fare perdere tempo al signor commissario!» sbottò il titolare.

Cirillo aggrottò la fronte. «Giovanni. chi?»

«Del Gaudio» precisò la ragazza, come se fosse la cosa più naturale di questo mondo.

«Lei conosce Giovanni Del Gaudio?»

«Sissignore. Gliel'ho chiesto perché ho letto sui giornali che è stato rapito durante la maratona. Ci sono rimasta di merda… Di stucco, voglio dire» si corresse subito.

«Che persona è?»

«È il tecnico che collega i nostri strumenti sul palco, gestisce le luci, insomma un vero tuttofare.»

«Lo conosce bene, Maria?»

«No, commissario. Lo vedo solo giù al locale quando monta gli strumenti per il concerto. Un tipo schivo, molto riservato… L'unico particolare che ricordo è la sua bottiglia di Coca-Cola da mezzo litro. Se la tiene sempre legata in vita, dentro un fodero porta-bottiglia con la chiusura di sicurezza, così non la perde.»

«Curioso» commentò Cirillo. «E poi?»

«Nient'altro, mi spiace.»

«Va bene. Ma questo venerdì lei suona al Club 91?»

«Ci verrà ad ascoltare?»

«Chissà…» mormorò il commissario, «chissà…» Si rivolse ad Alberto: «Senta, Monaco, non c'è più bisogno di quell'elenco di negozi. Forse ho trovato quello che cercavo». Poi alla ragazza: «E lei, come ha detto che si chiama?».

«Maria mi chiamo. Maria Costa.»

Rientrato in ufficio, Cirillo fu subito fermato da Palmese.

«Abbiamo notizie su Esposito.» Si tolse il cappello e lo appoggiò con cura sulla sedia. Poi prese dalla tasca un foglio e iniziò a leggere: «Il quindici di settembre del 1989, a Napoli sono nati sette Vincenzo Esposito: un medico, un fornaio, un ingegnere, due disoccupati, un tassista e un operaio. Tranne quest'ultimo, tutti gli altri sono vivi, vegeti e ai loro posti».

Cirillo lo guardò spazientito: «Credevi proprio che stessero rapendo tutti i Vincenzo Esposito di Napoli? Pasquà, dammi notizie utili, abbi pazienza!»

«Sono stato alla Fiat di Pomigliano.»

«Ecco, già va meglio. E che cosa hai scoperto?»

«Che Esposito è un operaio molto preciso. Mai un ritardo, mai un permesso al lavoro. Solo le tre settimane di ferie ad agosto, e per il resto dell'anno è sempre presente.»

«La mansione?»

«Sta alla catena di montaggio e il suo coordinatore mi ha parlato molto bene di lui. Poi ho sentito i suoi colleghi, pare conduca una vita regolare. Ha la passione per la podistica e almeno una volta al mese parte col suo amico Del Gaudio per fare gare in giro per l'Italia. Però, commissà...» e fa una pausa, sornione.

«Dimmi.»

«Al posto di Esposito, io una moglie così non la lascerei mai a casa da sola!»

«Palmese, fai poco lo spiritoso. Piuttosto, al 420 di via Toledo ci sta un negozio di scarpe. Dentro ci trovi due persone, un uomo e una ragazza. Lui si chiama Alberto Monaco ed è il titolare; Maria Costa invece è la commessa. Ci sono già stato, ma devo saperne di più, vedi che puoi scoprire, ma con discrezione, mi raccomando».

«Volo.»

Cirillo non fece in tempo a sedersi alla scrivania, che suonò il centralino gli passò una telefonata.

«Sono Elena Cerbone, commissario. Dovrei darle delle notizie importanti.»

«L'aspetto nel mio ufficio.»

«No, non è possibile, mi potrebbero vedere.»

«Chi potrebbe vederla, signora Cerbone?»

Come se non avesse chiesto, l'altra continuò: «Ci vediamo stasera alle dieci. Ristorante *Dal Saraceno* in via Pasquale Scura. Chieda del tavolo 69, quello dietro il separé. Ha capito?»

«Si è spiegata, signora. E ho segnato tutto.»

«Allora a stasera, e… grazie.»

Nello scegliere i vestiti dal guardaroba Antonio era molto sbrigativo: pantaloni beige taglio chino; maglioncino a rombi che ricordava tanto gli anni '80, spesso indossati senza camicia; e mocassini, perché senza lacci e più rapidi da infilare. D'altro canto, la sua difficoltà visiva lo obbligava a mettere le poche cose delle quali ricordava il colore.

Cirillo soffriva della forma più grave di daltonismo, simile all'acromatopsia, un deficit di visione di tutti e tre i colori primari, rosso, verde e blu. In pratica vedeva tutto in bianco e nero, il che creava più di un problema nel quotidiano. Ad esempio, quando apriva il cassetto dei calzini, gli si presentava davanti una massa di pedalini che andavano dal grigio chiaro al grigio scuro. Allora prendeva le due tonalità di grigio che gli sembravano uguali, ma il più delle volte si trattava di due colori diversi.

Non era nato così, altrimenti non avrebbe mai potuto entrare in Polizia.

Per la cena con la Cerbone, cercò di vestirsi meglio del solito. Sicuramente Elena si sarebbe presentata con abiti firmati, e lui non voleva sfigurare.

Uscito dalla doccia, per prima cosa si pettinò. Ebbe difficoltà a trovare il pettine perché per lui era un oggetto alieno. Non lo usava mai e non ricordava dove lo aveva abbandonato. Risistemare i suoi capelli pieni di vertigini era un compito improbo, tuttavia con una generosa dose di gel riuscì ad avere la meglio e a ricavare una testa quasi ordinata. Quindi si fece la barba, nonostante fosse un mercoledì e i giorni stabiliti da sempre fossero il lunedì e il giovedì. Infine aprì l'armadio, da cui trasse pantaloni chiari, camicia neutra e giacca scura. E se ne stette un po' lì a meditare sul fatto che, se avesse scelto due colori scuri, era alta la possibilità di rischio che gli capitassero blu e marrone - un pugno nell'occhio! –, alla scelta dei calzini non ci badò più di tanto. Ne scelse due con la tonalità di grigio che a lui sembrava identica.

Alle nove e mezza uscì di casa per avviarsi a piedi all'appuntamento in centro. Sul portone incontrò il dottor Nocerino, il medico di base che abitava al secondo piano e col quale condividevano di tanto in tanto consigli sui farmaci e il caffè preso al bar sotto casa.

«Antonio, come va?» gli chiese notando com'era vestito. «Hai una cena di lavoro con il questore o c'è una ricorrenza nazionale?»

«Come dici?»

«Dico che adoro le nostre forze dell'ordine che tengono vivo il patriottismo» gli sorrise, allontanandosi.

Cirillo lo salutò senza fare molto caso a quella sortita e si incamminò verso piazza del Plebiscito. Imboccò via Toledo fino a piazza Dante, quindi passò sotto l'arco di Port'Alba e s'inoltrò nei vicoletti del centro antico, alla volta di via Scura.

L'insegna al neon del ristorante brillava nel buio del vicolo appena rischiarato dalle pallide luci stradali. Alcuni negozi di souvenir erano ancora aperti, ma la porta di vetro del ristorante era chiusa. Antonio suonò il campanello e dopo pochi secondi un cameriere gli aprì la porta. Lo scrutò dalla testa ai piedi con uno sguardo perplesso, forse pensando di trovarsi di fronte a un venditore di rose o a un posteggiatore: uno di quei cantanti che accompagnandosi con la chitarra propinano classiche melodie napoletane fra i tavoli degli avventori per poi chiedere un'offerta a piacere.

Il tipo, dopo averlo squadrato, dovette realizzare che il nuovo arrivato non aveva con sé né rose, né chitarra, né tantomeno un cappello per infilarci gli oboli.

«Prego?» disse soltanto.

Cirillo non si scompose. «Buonasera» disse paziente, «ho un appuntamento con una signora. Elena Cerbone, credo abbia prenotato il tavolo 69.»

Notando che parlava un italiano appropriato, il cameriere cambiò atteggiamento. Fece due passi indietro e riprese la sua abitudine ossequiosa: «Prego, signore. Il tavolo è nella saletta a destra, dietro la parete gialla».

La saletta aveva quattro divisori diversamente colorati che fornivano riservatezza ai tavoli retrostanti. Non riuscendo a identificare quello giallo, Antonio s'addentrò con cautela. Si affacciò oltre i primi due, e vide che i tavoli erano già occupati da due coppie con atteggiamento complice. Da quel che pareva, e dalle occhiatacce risentite che si procurò, doveva trattarsi di incontri clandestini, e in qualche modo simili. I due uomini di mezza età, occhiali e capelli grigi, erano piuttosto panciuti. Parlavano con accento del Nord e probabilmente erano dirigenti di qualche grande azienda, in missione a Napoli. Le due donne giovani e vistose che li accompagnavano, invece, parlavano un italiano stentato, con un marcato accento dell'Est, che non ne inficiava il fascino, anzi lo accresceva, caricandolo di esotismo e promesse d'oriente. Indossavano abiti succinti su corpi da modella perfetti, più che certamente ottenuti con ritocchi, accorgimenti e sedute in palestra.

Cirillo puntò gli ultimi due tavoli, che erano ancora vuoti. Si avvicinò al primo per vedere il numero riportato sul segnaposto in legno. Era il numero 68, dal che dedusse che l'ultimo separé avrebbe dovuto essere il suo. Sedette al tavolo e il cameriere gli portò un calice di prosecco di benvenuto.

Alle dieci e venti, finalmente, Elena apparve sulla porta. Tolse il soprabito bianco che l'avvolgeva e lo appese con garbo sull'attaccapanni. Se la minigonna rossa su quel paio di gambe chilometriche sembrava ancor più corta, la camicetta bianca scollata metteva in risalto il suo prosperoso seno non lasciando nulla all'immaginazione.

Si avvicinò al tavolo e Cirillo si alzò in piedi per accoglierla. Lei lo squadrò con curiosità, lui si esibì in un arrugginito baciamano. Si accomodarono.

«Buonasera, Antonio. Lieta di vederti» disse lei modulando la voce.

"È passata a darmi del tu", notò lui, "ed è solo la seconda volta che ci incontriamo."

«Ho pensato di rivederci qui, in territorio neutro, dove nessuno sa che sei un poliziotto. Voglio evitare, e ho delle cose riservate da dirti.»

Il cameriere, che aveva offerto anche a lei un calice di prosecco, chiese: «Vi porto qualche antipasto di mare, mentre decidete il menù?».

Lei annuì, poi guardò Cirillo con un largo, intrigante sorriso.

«Hai cambiato look, vedo. E stai bene, coi capelli impomatati e un originalissimo stile…» Bevve un sorso. «Patriottico, direi.»

«Scusami, Elena, sei la seconda persona che me lo dice stasera. Mi dici il perché?»

«Be', indossi dei pantaloni bianchi, una giacca rossa e la camicia verde. Se non è patriottico questo...»

Antonio abbozzò un mezzo sorriso imbarazzato. «Il fatto è che sono un daltonico totale.»

«Vuoi dire che non distingui i colori?»

«Il bianco e il nero, sì. Per il resto, niente.»

Elena parve mortificata «Scusami, allora!» esclamò dispiaciuta. Poi gli prese la mano, se la poggiò sul petto e la lasciò lì, sgranando gli occhioni e arrochendo la voce. «Se avessi saputo che non era una bizzarria, non te l'avrei fatto notare.»

«Lascia stare, non potevi saperlo» rispose lui, che cominciava ad avvertire gli effetti di quei palesi tentativi di seduzione.

Il cameriere tornò con gli antipasti ed Elena ebbe la decenza di ricomporsi appena in tempo. Insalata di mare, polpo alla Luciana, frittelle d'alga e alici marinate... Lei, che doveva esser cliente abituale, ordinò una bottiglia di Greco di Tufo. «Se per te va bene...» chiese ad Antonio, che apprezzò la scelta e fece cenno di sì.

Il commissario notò che la sua ospite mangiava poco. Aveva piluccato qua e là dai vari piatti, ma per quel che riguardava il vino, era già al terzo bicchiere. Decise di profittarne.

«E allora, di cosa volevi parlarmi?» buttò lì, inzuppando un pezzo di pane nel sugo.

«Vedi, Antonio, tra me e Vincenzo c'è un rapporto basato sulla libertà reciproca.»

«Reciproca...»

«Una sera ero al Club 91 con una mia amica. Incontrai per caso una mia vecchia conoscenza. Francesco si sedette al nostro tavolo e mentre la mia amica s'era allontanata per ballare, che dirti? Vuoi per la terza bottiglia di Franciacorta, vuoi per l'allegria della serata... ci baciammo.»

«Be', può capitare. E poi era un bacio, mica... Mica?» Lei trangugiò un altro generoso sorso. «A fine serata mi riaccompagnò lui...»

«E quanto è durata, diciamo, questa fine serata?»

Elena fece una smorfia che si trasformò in un sorriso. «Diciamo che sono tornata a casa alle sette della mattina dopo.»

«Capisco, ma non è un reato. Perché me lo racconti, Elena?»

«Aspetta. Scesi dalla macchina, entrai nel palazzo e mi trovai di fronte Giovanni.»

«Del Gaudio? L'amico scomparso di tuo marito?»

«Lui. Al club, quella sera, aveva cantato una ragazza dalla voce stupenda. Faceva parte di un gruppo, credo che si chiamino *I Rintronati*, e lui lavorava dietro le quinte al montaggio delle attrezzature del palco. Ma io non l'avevo visto, lui invece mi aveva notato.»

"Difficile non notarti", pensò Antonio, fissandole le labbra che confessavano una serata di lussuria.

«Così, quando Francesco e io siamo usciti dal locale, mi ha seguita con la sua macchina...»

Fece una pausa finendo il bicchiere di vino, che aveva bevuto quasi tutto lei. Inspirò aria per farsi coraggio e disse di getto: «Mi mostrò una serie di foto sul suo telefonino... Ci aveva ripresi mentre ci baciavamo, poi mentre entravamo nel motel e quando ne uscimmo all'alba. Era stato lì tutta la notte, il bastardo, e aveva atteso per scattarne altre.»

Cirillo incrociò le mani e se le portò sulla bocca.

«Ma tuo marito e Del Gaudio non sono amici per la pelle?»

Il vino doveva essere entrato in circolo e ora rendeva visibile i suoi effetti rallentando le azioni e le parole di lei.

«Così credevo.»

«Ti ha ricattata?»

«In cambio del suo silenzio, mi propose… Dai che hai capito.»

«Dimmelo tu.»

«Mi chiese di fare una maratona con lui» sbuffò.

Il commissario la guardò perplesso. «Aveva bisogno di te per iscriversi a qualche competizione? Non ci posso credere. Comunque, mi sembra una richiesta insolita ma lecita.»

«Antò, ma ci sei o ci fai? Che cosa hai capito?» ghignò lei che intanto cominciava a incespicare sulle parole. Elena ridacchiò, grattandosi il naso. Poi si avvicinò nuovamente al volto di Cirillo, poggiò le sue labbra turgide all'orecchio di lui e sussurrò con voce sensuale, ovattata dalla sbronza: «Voleva fare una maratona, ma a letto! Vo-le-va sco-par-mi, Antonio!».

Forse per il pasto, o per il vino, forse per il piccante contenuto in quella storiaccia di corna e ricatti, o forse fu la lingua impertinente che lei gli passò sul lobo, succhiandoglielo, fatto sta che Antonio cominciò a sudar freddo. Di fronte a lui, Elena rideva di gusto. D'un tratto si tolse le scarpe e gli poggiò il piede destro sulla gamba.

«Che numero porti?» chiese lui, appena appena distratto dal perizoma nero di pizzo che sbucava dalla minigonna.

«Ti sembra grande?»

«No, ma lascia che indovini… È un 40!»

«Bravo, commissario! Risposta esatta» biascicò lei.

Cirillo avvertì un fremito al cuore. Una vibrazione. Si rese conto che era il suo telefono e rispose.

«Commissario, c'è un cadavere bruciato dentro una macchina al porto. Che faccio? La passo a prendere?»

«Sì, Lofabio» rispose con molto rammarico. «Passa di qui, sai dov'è *Il Saraceno*?»

Intanto Elena rideva e rideva. Si era scolata l'intera bottiglia. Cirillo si alzò, spostandole il piede. Non poté fare a meno di ammirarne le gambe snelle che si assottigliavano progressivamente fino alla caviglia piccola e sottile, formando una leggera curva al collo del piede. La risistemò sulla sua sedia, chiamò il cameriere e lo invitò a chiamare un taxi per la signora.

«Purtroppo devo andare via. Il lavoro mi chiama.»

Pagò il conto e uscì. Lofabio era già fuori dal ristorante che l'aspettava…

«Ho fatto in tempo?»

Salendo in macchina Cirillo guardò Lofabio con aria rassegnata. "E quando mi ricapita più un'occasione del genere?", pensò. Ma disse: «Sei stato di un tempismo eccezionale».

In dieci minuti furono al porto, nella zona riservata alle navi che trasportano merci, tra i container impilati l'uno sull'altro, disposti in file lunghissime, tanto che, passandoci con la macchina, sembrava di attraversare uno di quei vicoli di Napoli, tra palazzi che si fronteggiano vicini, in cui il sole non arriva e il cielo è distante.

In lontananza, le luci del camion dei pompieri che avevano da poco spento l'incendio brillavano ancora. Sul posto stazionavano i vigili urbani e la guardia giurata che aveva dato l'allarme.

Cirillo si presentò.

«Raccontatemi cosa è accaduto.»

«Era appena passata la mezzanotte» spiegò la guardia, «quando all'ingresso nord si è presentata una Bmw.»

«L'avete fermata?»

«È entrata a tutta birra. Poi, dopo un paio di minuti, ho visto le fiamme e ho chiamato la polizia.»

«E la Bmw che fine ha fatto?»

«Dopo poco è ripassata davanti al casello, così come era entrata.»

Il commissario memorizzava ogni parola. Che due auto coinvolte in breve giro in due azioni sospette, ma della medesima marca tedesca, poteva essere considerata una semplice concidenza?

«Lei era al casello per il controllo?» chiese al guardiano.

«Stanotte sono io di turno.»

«Un lavoro tranquillo.»

«Diciamo di sì. Anche perché a quell'ora non passa nessuno.»

«Potreste esservi addormentato?» insinuò Cirillo.

«Commissà, mi ero appoggiato con la testa alla sedia ma non dormivo. Poi ho sentito il rombo del motore, ho visto gli abbaglianti e sono uscito dal gabbiotto. Ho fatto segno di fermarsi, ma la macchina veniva via sparata. Ho capito che non aveva intenzione di rallentare, e infatti mi è passata a venti centimetri dalla mano.»

«Siete riuscito a guardare nell'abitacolo?» domandò Cirillo, attendendosi, come per presentimento, il peggio.

«Il fatto è che…» balbettò l'altro.

«Che nell'auto non c'era il guidatore, non è così?»

«Commissà, ma come lo sa?»

«Vada avanti.»

«Come le ho detto, dopo due minuti ho visto le fiamme e…»

«Va bene, per ora può bastare. Lasci le sue generalità all'assistente capo Lofabio.»

Quindi si diresse verso la pattuglia dei vigili urbani.

«Chi può darmi qualche informazione?»

Il maresciallo fece un passo avanti. «La macchina bruciata è una Fiat Tipo. Sul sedile posteriore c'è un corpo, carbonizzato come tutto il resto. Da quel che si vede, e soprattutto si sente, chi l'ha fatto deve aver usato benzina per accelerare il falò.»

«E la Bmw?»

L'altro allargò le braccia. «Qua videocamere non ce ne stanno. Se c'entra qualcosa, se è collegata al fatto, è tutto da verificare…»

Il medico legale, giunto con gli esperti della Scientifica, aveva appena finito il suo sopralluogo di massima. Si avvicinò ad Antonio.

«Dottore, che mi può rivelare? Oltre al fatto che sarà evidentemente irriconoscibile.»

«Se non facciamo l'autopsia, ne so quanto lei. Commissario, per le condizioni in cui è il corpo, cioè che le fiamme non l'hanno consunto fino in fondo, posso dire soltanto che doveva essere parecchio robusto, e alto quasi due metri.»

«Ma secondo lei era vivo o morto quando ha preso fuoco?»

Il medico lo guardò attento.

«Sì» chiarì Cirillo, «è un'ipotesi che mi sono fatto. Magari era privo di sensi o drogato…»

«Lo vedremo. Per intanto, se si accontenta, sappia che gli mancavano le ultime due dita della mano sinistra.»

«Anulare e mignolo?»

«Anulare e mignolo. Ma se aspetta l'esame autoptico del monco, le dirò di più.»

«E aspettiamo.» Poi chiamò Lofabio. «Accompagnami a casa, ho visto abbastanza.»

La mattina seguente, alle sei, gli suonò il telefono.

«Antonio, sono Elena» esordì una voce concitata. «Ho appena letto del morto bruciato al porto. Dimmi la verità, si tratta di Vincenzo?»

Cirillo sbadigliò. «Buongiorno, Elena…»

«Ma dormi ancora?»

«Già, mi ero appena addormentato. Sono rientrato alle quattro…»

La donna non ci badò, né si scusò.

«Comunque non credo» riprese lui, cercando a fatica di fare mente locale su quanto accaduto nella notte. «Il medico legale dice che si tratta di un uomo robusto e tuo marito ha un fisico da maratoneta, snello e nervoso. Il defunto, poi, è alto due metri, e lui mi pare che fosse più o meno alto quanto me, no?»

Elena tirò un sospiro di sollievo. «Scusami per ieri sera, credo di aver bevuto un po' troppo.»

«Pare anche a me.»

«Ma spero di poterti rivedere.»

«Magari la prossima settimana… Buonanotte, Elena» e chiuse la comunicazione.

Risistemò il cuscino, lo sprimacciò velocemente, ma aveva appena richiuso gli occhi che il cellulare squillò di nuovo. Non controllò il display, premette il vivavoce, e fu un errore.

«La polizia brancola nel buio!»

Riconobbe la voce querula di quel rompicoglioni del giornalista di Trustpage.

«Aiello, cosa cazzo vuoi alle sei del mattino?»

«Commissario, buongiorno. Giornata proficua, vero? Come sta?»

«E tu mi svegli per chiedermi della salute?»

«Ma non della sua, dottor Cirillo. Di quella del morto bruciato stanotte al porto.»

«Vincè, nonostante tutto mi sei simpatico. Sei un bravo cronista di nera, conosci il sottobosco della malavita come e meglio di uno sbirro, ma non ne approfittare» rugliò il poliziotto.

«Se mi dice qualcosa, le do un'informazione su Del Gaudio.»

Eccolo là. A quel punto il sonno era appena andato a farsi benedire. Cirillo saltò in piedi, alzandosi di colpo dal letto.

«Va bene, parla prima tu.»

«Pare che quando girava l'Italia per le sue maratone, nello zaino non ci metteva solo le scarpe da ginnastica e i pantaloncini.»

«Ah, no? E ti sei scordato la borraccia.»

«Commissà, Del Gaudio trasporta merce per il clan dei Sorrentino.»

«E tu che cosa ne sai?»

«Ho le mie fonti. Una soffiata… Dica la verità, non ci eravate ancora arrivati, eh? Ma meno male che c'è la stampa!»

Le sinapsi di Antonio avevano ripreso a funzionare a mille.

L'altro continuò. «Magari qualcosa non è andato per il verso giusto e quelli lo hanno punito… Ora tocca a lei, commissario.»

«Il morto è alto due metri, molto robusto. Probabilmente l'hanno portato giù al porto dentro una Bmw, scaricato e caricato dentro un'altra macchina, che poi hanno bruciato.»

«Aveva qualcosa che lo potesse far riconoscere? Chessò, un segno, una malformazione…»

«Gli mancavano due dita alla mano sinistra.»

«Bingo! Il nome di Enrico Scioscia le dice niente?»

«Un affiliato al clan Sorrentino.»

«Già, quello che faceva il lavoro sporco. Quello che andava a *ricordare* a chi aveva avuto dei soldi che i prestiti vanno restituiti, soprattutto se sono a strozzo.»

«Aiello, e che ti dico? Come al solito, sei più informato della DIA. Chiamami, se hai altre notizie.»

Antonio chiuse la telefonata, e visto che ormai non avrebbe mai recuperato il sonno perduto, si buttò sotto la doccia e raggiunse il commissariato.

Convocò, al solito, Lofabio e Palmese.

«Hai seguito la Cerbone ieri?» chiese al primo.

«Nulla, commissario. Ho parlato con la portiera del suo palazzo, che sa tutto di tutti e non si tiene un cicero in bocca.»

«Cioè?» domandò Cirillo, che non conosceva quel desueto modo di dire.

«Che non è il massimo della discrezione, ecco.»

«E insomma, cosa dice la custode?»

«Che la Cerbone si sveglia tardi la mattina, quasi a ora di pranzo. Fa colazione al ristorantino poco distante da casa, sta sempre attaccata al cellulare, va tutti i giorni in palestra ed è un'amante dello shopping convulsivo. Oddio, non ha usato proprio questa definizione, ma il senso è quello.»

«Con lo stipendio da operaio del marito» commentò Palmese. «Dev'essere una casalinga proprio… oculata.»

«Pasquà, finiscila coi tuoi doppisensi. C'è altro?»

«Ah, dimenticavo. Ieri sera è stata in un ristorantino del centro storico. Tavolo 69 con separé. Ha preso tre antipasti e una bottiglia di… Ma lei, commissario, se lo dovrebbe ricordare.»

«Lofabio, mi ha seguito?»

«Veramente seguivo la Cerbone. Ero in auto, fuori dal ristorante, quando mi hanno chiamato dalla centrale.»

«E tu invece di entrare, mi hai telefonato dalla macchina?»

«Commissà, io so' discreto.»

Cirillo prese a camminare nervosamente per la stanza. «E comunque, stavo interrogando la teste. Chiacchierata informale, si capisce… E tu, Palmese, invece di ridacchiare sotto i baffi che non hai, parlami di quei due del negozio.»

«Dottò, lui è un tipo regolare, casa, famiglia e negozio. Lei invece mi pare nu poco sciroccata. Per strada cammina con delle cuffie sulle orecchie e canta a squarciagola senza preoccuparsi della gente che passa e la guarda. Ieri poi, intorno alle quindici, s'è affacciata sulla porta del negozio e ha incontrato un tizio.»

«Un tizio…»

«Quello le ha dato un pacco delle dimensioni di una scatola di scarpe e lei gli ha firmato una ricevuta. Non ha chiuso la porta, così ho potuto sentire che telefonava a un certo Alberto…»

«Il titolare.»

«E ha detto: "Pacco ricevuto". Poi ha chiuso il telefono.»

«Potrebbe essere un corriere, vai a sapere. Ma perché consegnare una sola scatola?»

Palmese fece spallucce. «Forse si trattava del cambio di un paio di scarpe difettate.»

«Forse. Ma teniamoli sotto controllo e vediamo se per caso ne riceve altri.» A quel punto un pensiero gli si parò prepotente in testa. «Ma prima controllate nello schedario il nominativo di un certo Scioscia Enrico, pregiudicato collegato con il clan Sorrentino. Penso che sia lui la vittima di questa notte.»

«A proposito, capo» intervenne Lofabio. «Il medico legale ha chiamato per dire che ci consegnerà il referto nel pomeriggio. L'avrebbe dato prima ma dice che gli han fatto perdere tempo e che comunque il monco non sarebbe andato da nessuna parte.»

«Ha detto così? Il monco?»

«Sissignore, commissà.»

«Stampa libera, ti ringrazio!» Antonio elevò una penna al cielo. «Allora è certo che il cadavere del porto è Scioscia. E adesso che l'abbiamo identificato, dobbiamo capire perché l'han fatto fuori.»

Quindi puntò la matita verso i suoi due collaboratori e impartì gli ordini all'assistente capo Lofabio: «Voi, venerdì sera venite con me al Club 91. Io e te saremo due clienti in cerca di musica e compagnia, mentre tu resterai fuori a controllare la zona e a intervenire in caso di necessità. Nicò, tu sai ballare?»

Il venerdì, alle dieci di sera, il commissario e il sovrintendente si incontrarono poche centinaia di metri prima del club. L'agente scelto Palmese sostava già da un po' dentro un'auto civetta parcheggiata poco fuori dal locale. Dieci minuti dopo, Cirillo e Lofabio fecero il loro ingresso nel locale.

Un manifesto li accolse nella hall: *Stasera i Rintronati – Live*. Nella foto della band, come frontgirl del gruppo, Antonio riconobbe la ragazza del negozio di calzature.

«Capo, ho prenotato un tavolo appartato, da cui si tiene tutto il locale sotto controllo.»

«Che nome hai dato?»

«Le prenotazioni si fanno on line. Compare la schermata che riproduce il locale, clicchi sul tavolo e prenoti. Come si fa per i treni. Mi sono segnato come Garibaldi.»

«Un nome discreto. Se me lo dicevi prima, mi mettevo una camicia rossa.»

"E come facevi col colore?" pensò Lofabio, che invece replicò: «Il sito però me lo ha accettato».

Una hostess guardò il foglio della prenotazione e indicò il loro tavolo. Era nell'angolo destro della grande sala, proprio di fronte al bar, ma seminascosto. Alla loro sinistra, il palco, col gruppo musicale che cominciava a sistemarsi; davanti a loro, una trentina di tavoli lo circondavano a semicerchio.

Le persone stavano arrivando alla spicciolata. Alle dieci e trenta il commissario notò l'arrivo di due coppie di giapponesi, uomini di mezza età accompagnati da bellissime ragazze. Alle loro spalle apparve Elena, in compagnia d'un tipo anonimo. Una delle due giapponesi indossava le sue stesse solite scarpe rosse. Le tre coppie si accomodarono a un tavolo più grande.

Lofabio stava tornando dal bar con due drink, quando le luci del locale si affievolirono.

«Tutta gente benestante, capo. Ho visto in giro tanti Rolex e abiti firmati.»

«Pure le scarpe…» mormorò Cirillo.

«Come dice? Tenga, il suo solito originale drink. Devo ammettere che quando gli ho chiesto un prosecco con tre gocce di limoncello, il barista mi ha guardato strano. Non l'aveva mai fatto.»

«C'è sempre una prima volta nella vita» valutò Antonio, senza smettere di controllare il tavolo di Elena. «Sono abituati solo a Bellini e Mimosa e i barman di oggi non brillano per fantasia.» Poggiò il bicchiere sul tavolo. «Alla tua destra, ore quindici, c'è un tavolo di giapponesi con Elena come commensale». Lofabio si girò con cautela e la vide.

«Credo che la dobbiamo convocare. Secondo me sa molte cose ma non parla.»

Il cellulare di Cirillo vibrò con discrezione nella tasca della giacca.

«Commissario, sono arrivate due Audi. Da una sono usciti quattro giapponesi e dall'altra Elena Cerbone con un tizio sulla cinquantina. Ho preso i numeri di targa.»

«Ottimo, Palmese. Sì, la signora è qui.» E chiuse la telefonata, mentre dal palco la voce della cantante salutava il pubblico.

«Buonasera a tutti, questa sera suoneremo una selezione di brani internazionali degli ultimi trent'anni: iniziamo con *Like a prayer* di Madonna.»

Un timido applauso si alzò dai tavoli, mentre la sala continuava a riempirsi.

Lofabio, intanto, scattava foto a tutti i presenti con una fotocamera molto evoluta che riusciva a fotografare con ogni tipo di luce.

Partirono le prime note del complesso ma il microfono di Maria cominciò a gracchiare. Il gruppo musicale si fermò per permetterne la sostituzione e sul palco arrivò un tecnico per risolvere il problema. Era un energumeno che indossava sneaker bianche, jeans e una maglietta a mezze maniche attillata sul fisico atletico. I capelli erano rasati, il viso abbronzato.

«Occhio, commissario. Quel tizio non mi piace.»

«Immortala anche lui e domani lo cerchi nello schedario. Qualcosa mi dice che lo ritroviamo fra i clienti affezionati.»

La band riprese a suonare tra l'indifferenza dei presenti. Gli avventori erano tutti intenti a chiacchierare fra loro e a gustare i loro cocktail, tanto che la musica era passata in minoranza, un sottofondo ignorato, se non tollerato, nel disinteresse generale.

A mezzanotte, Cirillo chiamò Palmese: «Noi qui abbiamo finito. Tra dieci minuti andiamo via con le foto di tutti clienti della serata. Tu resta ancora un po' per vedere chi esce e poi vai a casa. Ci vediamo domattina».

«Ricevuto, capo! Buonanotte.»

Avevano appena lasciato il tavolo quando Cirillo si accorse che Maria guardava verso di lui. Con un gesto della mano, interruppe la band che stava concludendo un pezzo e smise subito di suonare. Dinanzi a quell'imprevisto, i presenti incuriositi, le prestarono attenzione; e persino il barman s'era bloccato, con una bottiglia in mano e un bicchiere sul tavolo, che adesso traboccava di gin e acqua tonica.

«Signori, a quel tavolo in fondo...» disse, eccitata, indicandolo. E subito un addetto alle luci aveva girato un faro nella direzione indicata. «Abbiamo l'onore stasera di avere con noi il commissario Cirillo che sta seguendo le indagini sul caso Del Gaudio. Prego, un bell'applauso alle forze dell'ordine!»

"Che bizzarria!", pensò Lofabio.

"Che grandissima stronzata!", s'infuriò Cirillo, cercando con lo sguardo quello di Elena, la quale lo guardò con l'aria spaventata di chi ha qualcosa da nascondere ed è appena stata scoperta.

E se gran parte dei presenti cominciò ad applaudire, coi forestieri che li imitarono senza spiegarsi il perché, l'irresponsabile Maria continuava a mostrarsi eccitatissima e fiera di quella sua sortita.

Il tizio torvo addetto al microfono approfittò della confusione per guadagnare l'uscita alla chetichella.

«È saltata la copertura, commissario!»

«Con grande figura di merda!»

Lasciarono il locale tra gli applausi. Raggiunta la strada, si resero conto che la macchina di Palmese non c'era più. Lofabio lo chiamò.

«Sto seguendo un tizio sospetto che è appena uscito dal locale. Si è messo alla guida di una Mercedes, più tardi vi dico...»

Palmese seguì la Mercedes per i vicoli di Napoli, a fari spenti per non farsi scorgere. Dopo trenta minuti, si ritrovò nella 167 di Scampia, precisamente nel lotto "P" di via della Resistenza. Quelle costruzioni erano dette anche le "case dei puffi" per via del loro colore celeste.

Si tenne sempre a giusta distanza. Spense il motore per non farsi sentire. Vide lo scagnozzo uscire dalla macchina con in mano una bottiglia di Coca-Cola, di quelle piccole da mezzo litro. Si avviò verso una delle tre *Vele* rimaste ancora in piedi, poi fu inghiottito dalla notte.

Quando gli sparì dalla vista, Palmese chiamò Cirillo: «Commissario, il tizio è entrato nelle case dei puffi. Il contatto è perso, ma dato l'orario e il posto in cui mi trovo, non ritengo opportuno seguirlo a piedi».

«E lo dici pure, Pasquà? Rientra subito, che già tengo gli uomini contati e non voglio perderne nessuno. Vai a casa, ci vediamo domattina.»

L'agente mise in moto la macchina e accese i fari. La luce bianca dei led rischiarò la carreggiata e illuminò in lontananza un tizio che stava scavando un buco dentro un'aiuola che costeggiava la strada. Vi sotterrò la bottiglia e la ricoprì, quindi si girò per capire da dove provenisse quella luce. A fari spenti, Palmese accelerò e andò via quanto più veloce possibile.

La mattina dopo, riferì tutto a Cirillo: «Quindi mi stai dicendo che il sospettato è uscito dal locale, ha attraversato tutta la città per andare a Scampia a sotterrare una bottiglia nelle aiuole, come farebbe un cane con il suo osso?».

«Preciso, dottò.»

«Pasquale Pica, detto *Picachù*!» Lofabio era appena entrato, sventolando una foto segnaletica. «È un affiliato del clan dei Sorrentino.»

«Precedenti?»

«Spaccio, minacce e lesioni. Un bel soggetto.»

Cirillo si fermò un attimo a pensare, portandosi la matita alla bocca. Poi disse, deciso: «Palmese, chiama il Comune: ci serve una squadra di giardinieri per le undici. Vediamo il nostro amico cosa ha sotterrato. Io e Lofabio ci avviamo sul posto».

A Scampia furono raggiunti da un furgone con dentro tre giardinieri, che si avvicinarono all'aiuola a loro indicata. Il più anziano dei tre prese un pugno di terra fra le mani, la odorò e scosse la testa: «Terreno fresco, un compost di quello che si compra nei supermercati. Non è stato compattato e non c'è neppure un filo d'erba». Poi alzò lo sguardo verso le altre aiuole, piene di erbacce e rifiuti, e allargò le braccia: «Giardinieri comunali qua non ne passano, chissà chi è stato a…».

«A ripulire tutto?» Cirillo completò la frase. «Non credo volontari del terzo settore.»

Lofabio si grattò un orecchio. «Chissà cosa c'era in quella bottiglia. Droga, soldi, pizzini…»

«Non so cosa ci fosse, ma credo nulla di quello che hai detto» ipotizzò il commissario, che alzò lo sguardo e scorse dai terrazzi tre persone che controllavano la zona. «Nicola, ci sono almeno tre vedette che ci osservano. Quest'aiuola, come tutta la zona, è controllata ventiquattro ore al giorno, il che ci fa supporre che sotto dev'esserci qualcosa di grosso.»

Rientrati in commissariato, Cirillo cercò di riepilogare la faccenda alquanto ingarbugliata.

«Dunque abbiamo due persone scomparse, Del Gaudio ed Esposito, un morto bruciato, una Bmw senza guidatore, due sospettati, Elena Cerbone che conduce una vita al di sopra delle sue possibilità e Maria Costa, che non si capisce se ci è o ci fa. Poi c'è Pica, che sotterra bottiglie di Coca-Cola e un collegamento tra il clan Sorrentino e il Club 91. Avete qualche idea?»

Palmese fu il primo a parlare.

«Commissario, la cantante non mi convince, pare ingenua ma non lo è. Secondo me ha fatto saltare la nostra copertura volontariamente. La Cerbone, invece, è più lineare, si comporta in modo prevedibile, anche se conduce una vita che non potrebbe permettersi.»

«Lofabio?»

«Io invece credo che se quella cretina che canta fosse coinvolta non si sarebbe esposta. E riconosciamo che è solo grazie alla sua sparata se abbiamo seguito Pica fino a Scampia. La Cerbone? Mi convince di meno: dove li prende tutti quei soldi? E che ci faceva con i giapponesi? Dobbiamo capire se c'è un legame tra le due donne e il clan, e poi tutto sarà meno confuso.»

«E allora cosa proponi?»

«Di continuare a seguirle, che prima o poi un passo falso lo fanno.»

«E noi ci saremo» concluse Cirillo. «Ma adesso andate, mentre io cerco di *sentire* l'ambiente a Scampia. Fatemi fare qualche telefonata...»

Tornato a casa, cercò il numero in rubrica, prese il telefono e chiamò.

«Qual buon vento, commissario! È da tanto che non ci sentiamo» ironizzò la voce dall'altra parte.

«Dimmi un po', se ti dico "bottiglie sotterrate", cosa ti viene in mente?»

«Una caccia al tesoro? Un sommelier senza scrupoli? Un nuovo ritrovamento archeologico a Pompei?»

«Aiello, fai la persona seria, se ti riesce.»

Il cronista cambiò tono: «Allora vediamoci alle dodici dove lei sa». E chiuse la comunicazione.

Cirillo indossò la giacca di lino marrone scuro, totalmente stropicciata, che non vedeva ferro da stiro da parecchio tempo, e si diresse al solito posto.

Il Bar Armida aveva un piccolo giardino, all'interno di un vecchio edificio costruito agli inizi del Novecento. L'ingresso era sulla strada e vi si poteva accedere con l'auto, parcheggiandola alle spalle del locale, dove erano disposti anche i tavolini. Era un posto tranquillo, vi si poteva parlare senza essere né visti né ascoltati. Martina la barista, poi, oltre a conoscere il suo mestiere, era una persona molto riservata che sa come va il mondo e in che modo va lasciato andare. Così, nel suo locale si davano appuntamento coppie clandestine, politici che incontravano imprenditori, faccendieri e affaristi, e chiunque non intendesse mostrarsi o farsi riconoscere.

Cirillo arrivò con l'auto civetta. Parcheggiò di fianco a una vecchia Kawasaki 650, che riconobbe subito. Era la moto del giornalista. Lo intravide al solito tavolino, quello più lontano da occhi e orecchie indiscrete. Si avvicinò, si sedette e notò che sul tavolino c'era ad attenderlo il suo aperitivo preferito.

«Aiello, ti vedo teso» gli disse bevendo il primo sorso.

«Ma io una domanda ti ho fatto.»

«Ed è una domanda pericolosa, commissario. Questa volta c'è poco da scherzare, il pasticcio è serio.»

«C'entrano i Sorrentino.» Non era una domanda.

«E chi altri? Hanno già fatto fuori uno dei loro.»

«Scioscia?»

«Lui. Pare che abbia commesso un errore.»

«Il monco ha provato a fregarli?»

«Non credo. Non ne avrebbe avuto la statura. Piuttosto pare che avesse… sbagliato un bersaglio.»

«E per questo lo hanno prima ammazzato e poi bruciato?»

«Già, e sa questo cosa significa? Che il vecchio boss ha mollato il potere a un nuovo capo molto più feroce e vendicativo.»

Cirillo annuì. «Ciro era un farabutto, ma aveva ancora un codice d'onore che rispettava.»

«Ora chi ha preso il suo posto non si fa nessuno scrupolo, non guarda in faccia a nessuno.»

«Com'è andata, lo sai?»

«Dicono che ha convocato Scioscia con una scusa e poi lo ha massacrato con le sue mani, davanti a tutti. Infine ha ordinato agli altri di bruciarlo, minacciando il prossimo che farà un errore a subire lo stesso trattamento.»

«È un animale. Abbiamo qualcuno che può parlare?»

Il cronista di nera fece una smorfia, poi fece scivolare pollice e indice uniti dinanzi alle labbra, a indicare una chiusura lampo serrata. E si accese una sigaretta.

«Ma almeno si sa chi è il nuovo boss?»

«No, commissà. Questo non sono ancora riuscito a scoprirlo. Pare che non appartenga alla vecchia gerarchia.»

«Molto strano.»

«Concordo, ma sembra che sia stato lo stesso Ciro Sorrentino a volerlo.»

«E su Pasquale Pica che ti risulta?»

«È un corriere. Fa la spola tra alcuni locali notturni di Napoli e Scampia.»

«La merce è nelle bottiglie che poi sotterrano? E cosa c'è dentro? I proventi della cocaina?»

L'altro aspirò d'un fiato, lungo e interlocutorio.

«No. Le case, le macchine, le attività vengono sequestrate. E i soldi nascosti nei muri o sotterrati rischiano di rovinarsi, sicché il clan si è buttato su altri investimenti.»

«Preziosi…» intuì il commissario.

Aiello annuì. «Smeraldi, topazi, rubini, lapislazzuli. Diamanti, soprattutto. Nascondono le pietre dentro le bottiglie, valutano i rialzi sui mercati, e quando serve liquidità non hanno problemi a smerciarli in qualsiasi parte del mondo.»

Cirillo mandò giù l'ultimo sorso del suo prosecco corretto al limoncello.

«Ieri notte» ammise, «uno dei nostri ha scoperto Pica che interrava una bottiglia dentro un'aiuola a Scampia. Siamo tornati stamattina, ma avevano già *bonificato* il terreno. Hanno tolto i primi trenta centimetri di terra, portando via anche l'erba e i vari rifiuti, poi hanno ricoperto con del pacciame fresco.»

«Siete arrivati tardi.»

«E sui terrazzi delle *Vele*, c'erano tre vedette che ci hanno controllato per tutto il tempo.»

«E prendere un po' d'aria in terrazzo non è reato» disse rassegnato il giornalista.

La barista venne a ritirare i bicchieri vuoti.

«Altri due, per favore» chiese Cirillo. «E quindi le pietre arrivano nei locali e Pica le ritira?»

«Non so chi le porta né come avviene lo scambio, ma posso darle il nome di un paio di posti: il Club 91 già lo conosce; provi a vedere anche all'*Hard Rock*. Lì la consegna la fanno di sabato.»

Intanto Martina aveva portato gli altri due drink. Il commissario bevve velocemente il suo, mise venti euro sotto il bicchiere e si alzò: «Grazie per le informazioni, Vincenzo. Credo che ci farò un giro sabato prossimo».

«Stia attento, questa è gente pericolosa, non scherzano» lo ammonì il reporter.

Cirillo gli strinse la mano e andò via. Fece appena in tempo a immettersi sulla strada che gli vibrò il telefono. Infilò l'auricolare e rispose.

«Ciao, Antonio.»

«Oh, Elena.»

«Sabato ti ho visto al club.»

«Una serata libera, era da tanto che non me ne regalavo una» mentì.

«E fai bene. Tuttavia credo di doverti qualche spiegazione.»

«Dici, Elena?»

«Dico, Antonio. Ti aspetto domani sera al solito posto.»

«Mi sta bene, però…»

«Però?»

«Facciamo alle nove, se mi prometti che bevi solo acqua minerale.»

«D'accordo» rispose la donna e chiuse la comunicazione.

Cirillo telefonò a Lofabio.

«Nicola, tieni da fare sabato?»

«No, non mi pare…»

«Ce ne andiamo all'Hard Rock.»

«Un altro locale?» ironizzò l'assistente capo. «Ma non è che stiamo diventando un po' troppo mondani, commissà?»

«Avvisa Palmese. Al solito lui resterà fuori di vedetta e io e te entreremo.»

«Al solito, capo.»

Stava per chiudere, quando Cirillo aggiunse: «Nicò, a proposito: domani dalle otto in poi non seguire la Cerbone, siamo d'accordo?».

«La segue lei?»

«Fai poco lo spiritoso, tu. Sì, la seguo io, qualcosa in contrario?»

«No, ci mancherebbe. E buon pedinamento.»

Arrivò puntuale al ristorante. Lei era già seduta al loro tavolo. Questa volta il cameriere lo riconobbe subito e lo accompagnò nel privé.

«Buonasera, Elena.»

Notò che non aveva indossato i soliti abiti firmati che mettevano in risalto tutta la sua esplosiva femminilità. Questa volta la donna indossava dei semplici jeans, una maglietta bianca e sneakers nere.

Antonio vide due flûte pieni.

«Cosa beviamo?»

«Acqua frizzante. L'ho fatta mettere nei calici così che sembri champagne.»

Lui sorrise di gusto. Poi prese il suo e lo fece tintinnare al contatto con quello di Elena.

«Prosit!» disse il poliziotto.

«Alla nostra!»

Gli occhi di Elena lasciavano trasparire il suo stato d'animo. Era impaziente di porre una domanda e, infatti, appena bevuto un sorso, posò il bicchiere sul tavolo e chiese: «Ci sono novità sulla scomparsa di Vincenzo?».

«Ancora nessuna. Stiamo continuando a indagare.»

Il cameriere stava arrivando per le ordinazioni, ma lo sguardo ostativo della donna lo bloccò prima che si avvicinasse e tornò indietro.

«Antonio» cominciò, vincendo l'iniziale reticenza, «voglio dirti cosa facevo quel venerdì, ma prima devo raccontarti la nostra storia.»

Lui accennò un sorriso. «Sono qui per ascoltarti come amico, non come sbirro.»

«E di questo ti sono grata» rispose Elena abbassando gli occhi. «Dunque, Vincenzo e io ci siamo sposati cinque anni fa. Ci eravamo conosciuti tre anni prima, a quel tempo ero fidanzata con un tipo che mi trattava male. Si chiamava Ciro. Un bellissimo ragazzo dal carattere irascibile e violento.»

«Ti picchiava?»

«Spesso e pretendeva che rimanessi chiusa in casa quando lui non c'era. Io abitavo al terzo piano di un palazzo di via Marina, Ogni volta che Ciro andava via, piangevo dalla rabbia. E se i lividi delle sue percosse, per quanto cercassi di coprirli, erano visibili sul mio corpo, i segni dei suoi insulti me li portavo dentro.»

«E Vincenzo?»

«Abitava al piano di sotto. E sentiva tutto. Un giorno bussai alla sua porta, perdevo sangue dalla bocca. Ciro mi aveva appena mollato un ceffone più forte del solito e se ne era andato. Pregai Vincenzo di portarmi al pronto soccorso.»

«Ma non hai mai pensato di denunciarlo?»

«Tante volte, Antonio. Poi lui tornava e diceva che non l'avrebbe fatto più, che era pentito, che lo faceva per gelosia perché mi voleva troppo bene…»

«È il solito comportamento di questi personaggi. Sai quante denunce come questa ho raccolto? Decine e decine… Ma raccontami cos'è successo in seguito?»

«Io e Vincenzo iniziammo a vederci tutti i giorni. In lui trovai una sensibilità e capacità di ascolto rari in un uomo.»

Elena interruppe il suo racconto, gli occhi lucidi e il viso tirato. Cirillo capì che era sincera. Sapeva riconoscere chiaramente se una persona mentiva o recitava.

«Se vuoi fermarti, continui dopo. Ti vedo provata.»
«Grazie, ma preferisco dirti tutto adesso. Dopo chissà se ne avrei la forza.»
«Allora continua…»
«Fu con il suo aiuto che ebbi la forza di ribellarmi. Quando a sera Ciro rientrò a casa, accanto a me trovò mio padre e i miei due fratelli più grandi.»
«Li avevi messi finalmente al corrente?»
«Solo grazie alle insistenze di Vincenzo.»
«E lui?»
«I miei fratelli furono chiarissimi: se soltanto si fosse azzardato ad avvicinarsi a me, se la sarebbe vista con loro e l'avrebbero denunciato.»
«Reagì?»
«Da vigliacco! Il codardo scappò con la coda tra le gambe e non lo rividi più. Tempo dopo, Vincenzo mi portò le prove che frequentava un'altra ragazza e ammèn.»
Elena bevve un sorso d'acqua.
«Il mio unico rifugio divenne lui. Mi sentivo serena, capita, accolta. Ci sposammo in fretta e furia e nel giro di tre mesi eravamo già in viaggio di nozze.»
«Sembra un lieto fine» disse Cirillo.
«Sembra, finché mi accorsi che aveva altre frequentazioni.»
«Amanti?»
«Amanti.»
Cirillo si sfregò la mascella. «Non capisco, con una bellezza come te accanto…»
«Maschi, Antonio. Scopava anche gli uomini.»
«Non ci credo! E tu?»
«Quando glielo chiesi, non ne fece nessun mistero. Disse che comunque mi amava, ma era bisessuale e

non poteva farne a meno. A quel punto trovammo un compromesso…»

Il commissario fece un cenno al cameriere e scelse un paio di piatti dal menu per lui e per lei.

«Faccio l'accompagnatrice, Antonio.»

«L'accompagnatrice.»

«Esco con uomini d'affari e li seguo a cene o incontri di lavoro. Poi, a volte, ma solo se il cliente mi piace, do seguito alla serata.»

«Come quella sera con Francesco? Mi pare che si chiama così il tuo amico.»

«Sì. Aveva saputo della mia professione e poiché è stato sempre pazzo di me, mi aveva ingaggiato tramite l'agenzia. Ha pagato per cinque ore di accompagnamento più a me un extra per la notte. Mi stai giudicando?»

«Per niente! Scusa, Elena, non vorrei essere indiscreto, ma quanto si guadagna?»

«Dipende dalle ragazze. Ci sono diverse fasce di prezzo: io prendo cento euro l'ora per l'accompagnamento. Nel caso si prosegua oltre, sono altri duemila euro.»

«Cavolo!» esclamò Cirillo. «Devo lavorare più di un mese per guadagnare quello che tu prendi in una serata.»

«È vero, ma non è la vita che avevo sognato.»

Un velo di tristezza improvviso le coprì il viso. Antonio capì il suo stato d'animo e cercò di rimediare alla sua improvvida affermazione.

«Sono stato maldestro, ti chiedo scusa. Pago il conto e ci facciamo una passeggiata fino al mare. Ti va?»

Elena annuì. Salirono in auto lungo la collina di Posillipo, fino alla discesa di Marechiaro. Qui parcheggiarono e cominciarono a passeggiare sottobraccio, chiacchierando come due anime sole che si erano incrociate. Scesero la stradina piccola e tortuosa che passa tra le ville e i ristoranti del vecchio borgo e arrivarono ai gradini che portano al mare. Li percorsero fino alla spiaggetta. Cirillo notò che l'umidità della notte cominciava a pizzicarle le braccia. Si tolse la giacca e gliela poggiò sulle spalle. Poi si sedettero sulla sabbia e osservando le onde sbattere dolcemente sulla battigia, aspettarono l'alba. Mano nella mano, senza dire una parola…

Nonostante fosse tornato a casa alle sette e mezzo del mattino, due ore più tardi Cirillo era già nel suo ufficio. Doveva organizzare la trappola per arrestare Pica.

«Sabato sera abbiamo una carta da giocare, che difficilmente riavremo tra le mani» esordì parlando ai suoi collaboratori. «Pica sarà all'*Hard Rock* per la consegna della bottiglia e noi dobbiamo prenderlo con le mani nella marmellata. Non possiamo commettere errori.»

Lofabio obiettò: «E se quella sprovveduta della cantante ci fa saltare di nuovo la copertura?».

«Ci ho già pensato. Ci travestiremo, non ci riconoscerà.»

«Con tutto il rispetto, commissario» replicò Palmese, preoccupato, «lei dovrebbe anche cambiare il suo abbigliamento, altrimenti non c'è barba che tenga. Lei sarà subito riconoscibile.»

«Tranquillo, Palmese, ho chi mi aiuterà. Ma ora passiamo al piano…» Afferrò una matita e cominciò a vergare segni per aria, come se stesse trascrivendo le sue parole. «Lofabio, arriverai alle dieci in punto, io mezz'ora dopo. Naturalmente non ci conosciamo e ci terremo in contatto esclusivamente tramite gli auricolari.»

«E io?»

«Tu, Pasquale, sarai nell'auto civetta, a duecento metri dal locale. C'è un'unica strada che porta sulla provinciale e in fondo alla strada ci saranno due gazzelle in posto di blocco. Appena Pica entrerà in possesso della merce, allerteremo i colleghi e tu lo bloccherai da dietro. Domande?»

«Cosa c'è nella bottiglia?»

«Diamanti, Pasquà. Pietre preziose, il nuovo investimento del clan. Le sotterrano a Scampia e poi, quando gli servono i contanti, le rivendono tramite i loro canali.»

«Ne studiano ogni volta di nuove» ammise Lofabio. «Immobili e attività commerciali le possiamo tenere sotto controllo e sequestrare, ma le pietre le dobbiamo trovare prima e spariscono più facilmente...»

«Infatti. E per i giudici diventerà più complicato ogni tipo di sequestro dei proventi delle loro attività criminali» commentò Cirillo.

Palmese trasse qualche conclusione. «Quindi, commissario, a questo punto è chiaro che Del Gaudio è un corriere. Porta i soldi durante le sue maratone in giro per l'Italia. Riceve in cambio i diamanti e le pietre preziose e poi le porta al club, dove ufficialmente fa il turnista ai concerti. Poi, durante le serate, passa la bottiglia a Pica.»

«Esatto Palmese, ci sei arrivato. Qualcosa deve essere andato storto, per questo lo hanno rincorso, massacrato di botte e probabilmente condotto dal boss. Ma voi vi siete informati sul locale? Avete visto se ci sono altre uscite? Com'è fatto all'interno?»

Lofabio aprì una pianta del locale sul tavolo di Cirillo. «C'è l'ingresso principale, due uscite di sicurezza laterali che portano sempre sulla strada principale, oltre a un'uscita secondaria sul retro che dà sul parcheggio. Io metterei due dei nostri, dopo le dieci e mezza, proprio qui...» Indicò il punto con il dito. «Pica non dovrebbe andare via prime delle due di notte, quando avranno finito di smontare gli strumenti. Però, se sentirà puzza di bruciato, come al Club 91, scapperà via prima. Potrebbe prendere l'uscita sul retro…»

«Allora mettiamo due colleghi lì.»

«Vede, capo, contrariamente al Club 91 qua abbiamo una sala rettangolare. Al centro c'è il palco, tutt'intorno la pista da ballo, nessun tavolino ma solo divani lungo le pareti. Il bar occupa tutta la parte alle spalle del palco. Dovremo girare di continuo per controllarlo, magari mentre balliamo. Lei sa ballare?» gli chiese Lofabio, come Cirillo aveva fatto con lui in precedenza.

«Uguale a Fred Astaire!» rispose sarcastico il commissario. «Col tip tap sono un maestro.»

«Abbiamo un problema però» disse Palmese, preoccupato.

«Niente che non possiamo risolvere?»

«Ho telefonato all'Hard Rock per i biglietti.»

«E allora?»

«Si entra solo a coppie. Coppie etero, s'intende. Insomma necessariamente formate da un uomo e una donna.»

Cirillo ci pensò su. «Va bene» concluse. «Vorrà dire che chiederò a Elena di accompagnarmi, visto che già si è offerta di aiutarmi per il mio *dress code.*»

«*Dress* cosa?» chiese Palmese.

«Che la signora Cerbone vestirà il commissario con colori abbinati e con abiti "contemporanei"» spiegò Lofabio, traducendo il termine anglosassone.

«*Contemporanei?*» chiese Cirillo, punto nell'orgoglio.

«Nicò, visto che ti diverti a sfruculiarmi, vorrà dire che tu verrai accompagnato dalla Cozzolino.»

«Commissario, la prego, Rachele no!»

«E che? Hai paura che ti violenti? Che comprometta la tua virtù?» ghignò Cirillo. «Niente da fare, Lofabio, abbiamo solo lei disponibile per sabato. Vorrà dire che ti dovrai sacrificare, e in fondo in fondo non siete poi una coppia tanto male...»

Capelli corti ricci, occhi puntuti, guance molli e naso rosso su di un fisico allampanato, in Rachele Cozzolino, nubile e totalmente dedita al lavoro, non c'era nulla di sensuale. Viveva con l'anziana madre e dava poca confidenza a tutti.

Cirillo prese il telefono e la chiamò. Dopo pochi secondi, apparve sulla porta.

«Commissario Cirillo...»

«Rachele, sabato sera abbiamo un'indagine sotto copertura. Occorre che tu e Lofabio veniate all'*Hard Rock*, un locale deve si fa musica dal vivo, che sta appena fuori città. Come sei messa a casa?»

«Sono di turno qui, a mamma ci pensa mia zia.»

«Molto bene. Voi due entrerete come semplici clienti e controllerete la sala. Tu sai ballare?»

Lofabio e Palmese si guardarono trattenendo ogni pensiero impuro.

«Di recente ho preso qualche lezione di salsa e di bachata...» E improvvisò con successo inaspettato due passi di ballo.

«Nicola non aveva dubbi, non è vero Lofabio?» commentò Cirillo a voce alta per interrompere lo scambio muto di sguardi fra i suoi due sottoposti. «Benissimo! Allora mi raccomando: siate molto credibili. Fingerete di essere una coppia e comportatevi come tale. Siate credibili, qualunque cosa questo comporti...»

L'assistente capo avrebbe voluto trovarsi lontano da lì e sembrava aver perso la parola.

«Cos'è, Nicola? L'emozione di uscire con la Cozzolino ti ha tramortito? In effetti, ci sono anche aspetti positivi nel nostro lavoro... Ma ora andate e preparatevi. Faremo un'ultima riunione di coordinamento venerdì.»

Rimasto solo, prese il telefono per chiamare Elena. Poi pensò che stesse dormendo dopo la nottata passata insieme, allora le mandò un messaggio:

SABATO SE NON HAI IMPEGNI ANDIAMO INSIEME ALL'HARD ROCK. PRIMA PERÒ MI SERVIRÀ IL TUO AIUTO PER VESTIRMI IN MODO ADEGUATO. GRAZIE, ANTONIO...

Alle tredici e dieci, il cellulare di Cirillo si esibì in due piccole vibrazioni. Antonio scrutò il display e vide un messaggio di Elena: CI VEDIAMO ALLE QUINDICI IN VIA CALABRITTO.

Spense il display e vide apparire l'agente Cozzolino sulla porta.

«Commissario, sulla linea due c'è il sostituto procuratore Tamaro. Dice che è importante.»

Cirillo alzò gli occhi al cielo in un'espressione di rassegnazione e sofferenza. Aprì le braccia e disse ironico: «Ma posso io non ascoltare la voce dei giusti? Grazie, Cozzolino, chiudi la porta per favore». Contò fino a sette, poi: «Carissimo dottor Tamaro, come sta? Qual buon vento la spinge a telefonarmi?».

«Vento di burrasca, commissario. Il caso Del Gaudio giace senza progresso alcuno. Lei sta svolgendo le indagini oppure si è dato alla bella vita tra ristoranti e locali notturni?»

«Vedo che le notizie volano veloci…»

«L'aspetto oggi pomeriggio alle cinque nel mio ufficio, con le notizie che ha raccolto» chiuse la conversazione bruscamente.

Antonio era infastidito e preoccupato. Tamaro era una persona di un'intelligenza sopraffina. Tutte le volte che lo convocava, riusciva a trasformare quella che sembrava una cordiale chiacchierata in un interrogatorio e a trarre anche le sue conclusioni, senza che il commissario se ne rendesse conto. Cominciava a parlare del più e del meno, poi, dopo aver preparato con cura il terreno, inseriva delle domande improvvise alle quali non era possibile mentire oppure non rispondere. Infine, lo "infilzava" con una deduzione finale inappuntabile. Sistematicamente, ogni interlocutore di Tamaro, veniva messo all'angolo senza avere la possibilità di rispondere ai colpi ricevuti. Era meglio non mentire né omettere qualcosa, poiché quello l'avrebbe inevitabilmente scoperto.

Cirillo guardò l'ora sul suo cellulare. Erano già le quattordici e trenta, non aveva mangiato nulla, e alle quindici aveva appuntamento con Elena. Si infilò la giacca, salutò velocemente l'agente Cozzolino, che parlava al telefono, e si avviò a piedi verso via Calabritto.

Giunto a piazza dei Martiri, la vide. Elena era al telefono e discuteva animatamente con il suo interlocutore.

«No! Ti ho detto che sabato non sono disponibile! Lo so che è un buon cliente e ha chiesto espressamente di me, ma io ho già un impegno. I patti erano chiari, sono io a decidere come e quando, non lo dimenticare. Ora ti saluto che ho da fare.»

«Problemi?» le chiese lui. «Ti ho vista spazientita.»

Lei gli diede un rapido bacio sulla guancia. «I soliti scocciatori che fingono di dimenticare i patti, non farci caso. Ma tu come stai? Sei riuscito a dormire un po'?»

«Macché, ho fatto una doccia e poi sono andato direttamente in commissariato. Allora! Mi aiuti a trovare un *outfit* per non fare brutta figura con te sabato prossimo?»

«Ho già visto un paio di cose in vetrina» disse accompagnandolo verso il negozio di Armani.

Sotto ogni manichino Cirillo notò i prezzi stampati, con caratteri minuscoli, inversamente proporzionali alle cifre dei capi in vendita. Dovette quasi inginocchiarsi per metterli a fuoco, poi con un po' di imbarazzo confessò: «Non so se mi posso permettere di spendere tanto. Scusami, Elena, ma io sono un semplice stipendiato dello Stato».

La donna gli sorrise, gli prese la mano e lo tirò nel negozio.

L'addetto subito la riconobbe. «Signora Cerbone, buongiorno! Che piacere rivederla, come la posso aiutare?»

«William caro, vorrei far provare al mio amico l'abito grigio in vetrina. E gli abbini una camicia e un paio di mocassini.»

William era lo Store Manager. Aveva un fisico asciutto fasciato da abiti attillati. Si muoveva con gesti aggraziati, tenendo le braccia lontane dal corpo. Camminava con un incedere elegante e sinuoso, tanto che Cirillo se lo figurò a camminare su un pavimento fatto di uova, stando molto attento a non romperne nessuna.

«Perfetto» disse, mettendo bene in evidenza la sua erre moscia. «Vedo che il suo amico porta una 48 regular fit, credo che non ci sia neanche bisogno di fare le pieghe ai pantaloni. In pratica ha la stessa taglia del manichino in vetrina. Se crede, gli farei provare direttamente quello che ha già le pieghe fatte, e nel frattempo cerchiamo la camicia.»

«Bianca con colletto alla francese» puntualizzò Elena.

«Sicuro» rispose William, mentre prendeva una scatola dallo scaffale. Quando mostrò la camicia, la sfiorò come si tocca un'opera d'arte.

«La trama operata del tessuto eleva il capo naturalmente, mentre il collo provvisto di stecche accentua l'eleganza del modello e gli dona una classe ineguagliabile.»

«Direi che è perfetta» rispose Elena.

Intanto una commessa aveva appena tolto l'abito dal manichino e lo stava portando a William.

«Questo modello in fresco e pregiato lino *chambray* si compone di giacca monopetto con scollo a revers, spacchi laterali e taschino per pochette, mentre i pantaloni con passanti in vita presentano pratiche tasche laterali. Elegante, ma informale...»

«Sembra che manchino solo le scarpe» annuì Elena.

«Consiglio il mocassino *driver* in pelle scamosciata, realizzato con costruzione tubolare, tecnica antica e artigianale, che prevede l'utilizzo di un unico pezzo di pellame. Credo che lei porti un 43, vero?»

«Proprio così» rispose Cirillo che passava dall'imbarazzo alla preoccupazione senza soluzione di continuità.

«Allora si accomodi nel camerino di prova. Angiolina le porterà gli abiti. Intanto, io e la signora Cerbone facciamo due chiacchiere.»

Elena sorrise, e non appena lui sparì dietro la porta del camerino, disse: «William, metta tutto sul mio conto. Passo come al solito a fine mese per regolare».

«Certo, signora, ci mancherebbe. Anche perché troverà dei nuovi capi che mi stanno spedendo da Milano.»

Dopo pochi minuti, Cirillo uscì dal camerino totalmente trasformato. Quegli abiti gli avevano donato uno stile e uno charme fino a pochi minuti prima a lui sconosciuti. Elena gli sorrise soddisfatta. «Stai magnificamente» gli confidò, mentre il titolare si era avvicinato a Cirillo e gli girava intorno con la testa piegata e la mano sul mento, come se non fosse totalmente soddisfatto.

Antonio si turbò. «Cosa c'è?»

«Manca ancora qualcosa» sentenziò l'altro. Poi prese un paio di occhiali dall'espositore accanto alla cassa. «Questo è un modello clip-on forma pilot, una combinazione inedita che permette di trasformare un'elegante montatura da vista in un occhiale da sole, grazie al clip-on magnetico. Può utilizzare il vetro trasparente neutro di notte, e quello scuro di giorno. Prego, lo indossi.»

Cirillo indossò gli occhiali, che cambiarono totalmente l'aspetto del suo viso. Aveva assunto le sembianze di uno di quei modelli che sfilano sulle passerelle di Milano durante la settimana della moda.

William lo squadrò e, finalmente soddisfatto, concluse: «Abbiamo fatto un ottimo lavoro. Cara signora Cerbone, all'angolo c'è il salone di David. A quest'ora non c'è nessuno, una sistemata ai capelli ribelli del suo amico gliela farei dare…».

Antonio si sentiva sempre più imbarazzato. Intanto dal camerino era appena uscita Angiolina, con una busta che conteneva i suoi vecchi abiti. Li consegnò a William, che prese la busta con due dita, quasi non volesse sporcarsi le mani.

«I suoi vecchi abiti li butta lei o li buttiamo noi?» domandò.

«Ci pensiamo noi» rispose Elena, afferrandola con grazia. «E ancora grazie di tutto.»

«A presto rivederla, allora.»

«Non ho pagato. Ho il tempo di andare in banca?»

Lei gli passò una mano tra i capelli, lo guardò con occhi dolci.

«Non ci pensare.»

«Come *non ci pensare*! Questa cosa va definita al più presto, anche perché alle cinque devo essere dal sostituto procuratore. Facciamo così: ci vediamo dopo e ti ridò i soldi.»

«Più tardi lavoro» ribatté Elena. «Ci vediamo nei prossimi giorni e ne riparliamo.»

David, il coiffeur, accettò di fargli un taglio veloce.

«Lei ha dei capelli pieni di vertigini. L'unica cosa da fare è un taglio a spazzola» sentenziò con un vago accento francese.

«Purché facciamo presto» concesse lui. «Ho un appuntamento importante tra meno di un'ora».

«In venti minuti avremo finito» rispose il parrucchiere impugnando la macchinetta tagliacapelli. La regolò a un centimetro e con mano decisa gliela passò sulla testa.

Era stato di parola. Diciotto minuti dopo l'operazione s'era conclusa.

«*Et voilà le résultat!*» esclamò alla fine il figaro, mentre con una spazzola portava via i capelli rimasti sul viso. «Ora, *monsieur*, lei è più affascinante di 007.»

Elena se lo rimirava tra il divertito e il compiaciuto: «Adesso sembri davvero un'altra persona».

Uscito dal salone, Antonio l'abbracciò.

«Grazie, veramente. Ti posso chiamare dopo?»

«Lo faccio io appena posso. Ma ora corri che fai tardi!»

Gli prese la testa tra le mani, e gli diede un bacio sulle labbra. Cirillo rimase fermo come una statua, perché non se l'aspettava. Intontito, la vide allontanarsi. Dopo pochi passi lei si girò, gli fece segno di andare e sparì con graziosa foga dietro l'angolo…

Alle cinque in punto, Cirillo bussò alla porta del sostituto procuratore. Nella mano destra aveva la borsa di lavoro e in quella sinistra la busta con i vecchi abiti.

«Avanti!» gridò Tamaro dal suo ufficio.

Il commissario aprì la porta e salutò. Il procuratore alzò la testa e inforcò gli occhiali.

«Lei chi è? Chi l'ha fatta entrare? Ora chiamo i Carabinieri, cose da matti…»

«Dottore, sono Cirillo. Mi ha chiamato lei.»

«Cosa?!» esclamò il funzionario. «Ma che fa, mi viene vestito come una star del cinema?»

«Non mi ha riconosciuto…» notò compiaciuto Antonio, certo che la messinscena serale avrebbe funzionato secondo previsioni.

«Commissario, si segga.»

Cirillo si accomodò intimorito di fronte a lui, che lo squadrava da capo a piedi.

«Lei mi è cambiato radicalmente. Cosa prende per tornare giovane, il Gerovital?»

«Ma no, dottore, cosa dice? Ho solo tagliato i capelli e messo un abito più decente.»

«E gli occhiali.»

«Si» rispose, vergognandosi un po' a indossare occhiali senza gradazione. Così aggiunse: «Ho perso un decimo, poca roba».

«Ah, sì? Mi faccia vedere.»

«Ma io, veramente…»

«Cirillo!»

Con mossa ferina il procuratore gli sfilò gli occhiali dal viso. Poi li mise sopra un foglio di carta che aveva sulla scrivania, li avvicinò e allontanò dal foglio. Infine, li indossò fissando un punto alla parete.

«Questi sono occhiali estetici, non hanno gradazione» concluse. Cosa fa, mi dice bugie?»

Come un bambino colto in fallo, Antonio tacque.

«E lì dentro cosa c'è?»

Afferrò la busta e tirò fuori i vecchi abiti.

«Ha per caso rapinato un barbone? Di chi sono questi cenci?»

«Sono miei, li volevo portare alla Caritas.»

«Cirillo, li porti a incenerire che è meglio. Lei mi sta diventando strano, sa? Prima mi dice una bugia, poi introduce nel mio ufficio una busta di stracci. Devo preoccuparmi?»

«Ma no, è che faccio sempre tutto di fretta.»

Tamaro lo fissò per qualche istante, senza proferir parola. Poi: «Mi è giunta voce che, ultimamente, lei sta frequentando ristoranti e locali notturni. Adesso mi fa anche un cambio di look così repentino… Vedo che il suo abito è firmato, così come i suoi occhiali. Abbiamo rapinato qualcuno?»

«Mi scusi, ma lei sta conducendo un'indagine su di me o sul caso Del Gaudio?»

«Chissà, Cirillo. Chissà... Me lo dica lei: dovrei? Vede, commissario, io ho addosso i media, il procuratore generale che mi chiede lumi, e lei non fa alcun progresso sulla vicenda Del Gaudio! Come crede che possa sentirmi, io?»

Antonio lo conosceva perfettamente, sapeva che le sue ramanzine avevano il solo scopo di spronarlo a concludere quanto prima le indagini, ma questa volta Tamaro stava esagerando. Attese il momento adatto, cioè quando l'altro sembrava aver concluso il suo show e replicò: «Dottore, nonostante quel che pensa, noi abbiamo avuto molti riscontri dalle indagini».

«Ah sì?» fece quello, adesso interessato, dopo la sfuriata iniziale. «E quali?»

«Sappiamo ad esempio che Del Gaudio è un corriere del clan. Conosciamo dove avvengono le consegne e identificato Pica, l'uomo che prende la *merce* e la interra nelle aiuole di Scampia…»

«E il tutto dove ci porta?»

«A sabato sera?»

«Sta pensando alla movida, commissario?»

«La sfioreremo, sì. Quella sera saremo appostati nel locale ove avverrà la consegna. Lo bloccheremo in flagranza e glielo consegnerò nelle sue mani.»

A quel punto, la promessa sembrò placare il procuratore.

«E dell'Esposito Vincenzo, l'amico di Del Gaudio scomparso insieme a lui durante la maratona, cosa mi dice?»

«Purtroppo, su di lui brancoliamo nel buio. Ha una vita irreprensibile.»

«E quella cantante…?»

«Maria Costa?»

«È anche lei invischiata?»

«Guardi, dottor Tamaro, non riusciamo a capire. Quando si è messa in mezzo, non sappiamo se lo ha fatto perché è la sua tattica per ostacolarci, o è veramente un'ingenua. Per il momento è attenzionata, ma la prossima settimana conto di darle notizie più precise. A tal proposito, le lascio il numero di telefono della ragazza e quello della moglie di Esposito. Ho bisogno del suo permesso per intercettarle…»

Il procuratore annuì e raccolse il foglio che l'altro gli passava.

«Tenga presente che ha due settimane di tempo per chiudere la vicenda. In caso contrario farò una chiacchierata con il questore, il quale mi ha raccontato che a Orgosolo il vecchio commissario va in pensione...»

Dinanzi a quella larvata minaccia Cirillo restò tranquillo.

«Un ultima cosa, dottore...»

«Dica.»

«C'è una cosa che mi turba perché non riesco a darci una risposta...»

«Prego, dica.»

«C'è una Bmw che cammina per la città senza autista. È stata vista il giorno del rapimento di Del Gaudio e la notte che hanno ammazzato Scioscia.»

«Una Bmw senza autista, è come dire una procura senza procuratore. Suvvia, Cirillo, sia serio!»

«Lo sono, e abbiamo tre testimonianze convergenti.»

«Ma è impossibile che possa muoversi da sola!»

«È quel che ha detto anche il concessionario.»

«E allora?»

«Stiamo cercando di scoprirlo ma non abbiamo indizi. La targa non risulta, e questa vettura fantasma compare e scompare nel giro di pochi secondi. Tre persone dicono che nell'abitacolo mancava di conducente, pur muovendosi e anche a velocità sostenuta e mi è difficile credere che abbiano preso una svista.»

Tamaro allargò le braccia.

«Mai sentita una stranezza del genere, manco alla tivvù in quei programmi sul mistero. Che dirle, commissario? Non posso aiutarla, ma lei approfondisca come può. Ci vediamo lunedì prossimo e mi porti novità sostanziose, sennò…»

"Sennò", pensò Cirillo, "magari Orgosolo non è proprio male come ce la immaginiamo…"

Alle nove e mezza di sera Cirillo stava ancora nel suo ufficio a rileggere i rapporti. Non riusciva a venirne a capo, troppe cose non tornavano, e in più non dormiva da ventiquattro ore.

Si avvicinò al distributore di caffè, ne prese due e tornò alla scrivania. Mentre leggeva e rileggeva i fogli di appunti, preso da un colpo di sonno, chinò la testa. Gli occhi stavano per chiudersi, quando la vibrazione del suo telefonino, nel silenzio della stanza, lo ridestò. Guardò il display, era Lofabio.

«Novità?»

«La Cerbone è a cena con un gruppo di persone.»

«Tipo?»

«Manager, imprenditori… Almeno così sembra dalle macchine parcheggiate.»

Cirillo, però, faticava a concentrarsi.

«Sì, ma dove sei?»

«Sono nel parcheggio del ristorante *Marechiaro* a Posillipo. Mi sto segnando i numeri di targa.»

«E quindi, Lofà?»

«Quindi, commissario, nel parcheggio c'è una Bmw con la targa piena di fango.»

«Una Bmv…»

«Sembra proprio quella della descrizione dei testimoni.»

«Cosa!? Non ti muovere, che arrivo in dieci minuti.»

Indossò la giacca e scese le scale, mise in moto l'auto e si fiondò verso Posillipo.

Dopo dieci minuti, parcheggiava la sua auto a qualche decina di metri dal ristorante. Entrò nella macchina di Lofabio.

«È quella?» chiese, indicando l'auto vicina all'ingresso.

L'altro annuì. «E queste invece sono le targhe delle auto di quelli al tavolo della Cerbone.»

«Hai verificato?»

«Due sono intestate a una ditta di Milano, la terza è stata presa a noleggio stamattina, quella da cui è scesa la donna. Però c'è una cosa che mi ha colpito…»

«Di questa donna?»

«Che era scalza.»

«Un'eccentrica?»

«Capo, ha aperto la portiera e aveva le scarpe in mano. Le ha poggiate per terra e le ha infilate.»

«Le solite décolleté rosse?»

«Quelle.»

Cirillo si ricordò che anche al ristorante Elena si era tolta le scarpe. Rimase a riflettere e qualcosa cominciò a prender forma nella sua testa.

«Da dentro la sala si vede il parcheggio?» cambiò argomento.

«No, commissario. Loro sono nella saletta riservata con panorama sul golfo, dall'altro lato del fabbricato.»

«E ci sono telecamere?»

«Una sola, ma è finta. È una di quelle che servono solo a dissuadere i ladri. Questa è una zona dove è difficile arrivare e scappare. Trattandosi poi di un ristorante esclusivo, neanche i parcheggiatori abusivi si avvicinano. Il proprietario chiamerebbe subito le forze dell'ordine pur di non fare infastidire i suoi clienti.»

«La privacy si paga…»

«E infatti, commissario, qui una cena s'aggira sui trecento euro a persona, ai quali va aggiunto il costo dei vini. Ho visto la carta su Internet.» Prese il telefonino e glielo mostrò.

Antonio sgranò gli occhi. «Con il nostro stipendio compriamo sì e no una mezza bottiglia.»

«Proprio così! Ma ora che facciamo? Aspettiamo?»

Cirillo guardò l'orologio.

«Sono le dieci.» Poi aggiunse: «Sei certo che la telecamera sia finta?».

«Certo, si vede subito. Costa quindici euro, led rosso funzionante compreso.»

«Ma secondo te, Lofà, perché un ristorante di lusso avrebbe messo una telecamera finta?»

«Per tutelare i clienti. Sono persone molto importanti, e se per caso il procuratore dovesse chiedere una registrazione al proprietario, questi sarebbe obbligato a consegnarla, ma danneggerebbe i suoi clienti che sicuramente non tornerebbero più.»

«Convincente spiegazione. A questo punto non ci resta che entrare…»

I due poliziotti scesero dall'auto e si intrufolarono nel parcheggio, tra il canto delle cicale e le luci della notte. La Bmw sostava proprio vicino all'ingresso. Del fuoristrada blu scuro di grosse dimensioni Cirillo notò subito che i vetri posteriori e il lunotto erano oscurati da una pellicola che, probabilmente, serviva a celare chi sedeva dietro. Si avvicinò alla targa retrostante.

«La macchina è pulitissima» annotò, sottovoce, «ma la targa è piena di fango e non si leggono i numeri.» Si accovacciò, accese la torcia del telefonino per illuminarla e provò a rimuovere il fango.

«Cavolo! Ma questo non è fango. È una targa finta, il fango è stampato a rilievo.»

Lofabio allungò una mano e confermò: «Incredibile. Un lavoro fatto a regola d'arte!».

Cirillo si alzò e si avvicinò al finestrino anteriore dal lato del guidatore. Rischiarò l'abitacolo e notò un vetro scuro posto come divisorio tra i sedili.

«Privacy assoluta» mormorò, mentre Lofabio si affacciava al finestrino lato passeggero. L'assistente capo mise la mano sulla maniglia della portiera per controllare che la macchina fosse chiusa, ma la ritrasse subito, poiché sentì il rumore del motore. Vide la leva del cambio automatico spostarsi su R. Poi la macchina da sola, con una manovra velocissima, rinculò di tre metri. Cirillo vide lo sterzo girare verso l'ingresso del parcheggio e la freccia di sinistra lampeggiare. Infine, l'auto scappò, sgommando lungo la strada.

«Accidenti, commissario. La inseguiamo?»

«Con la nostra Tipo? E quando la raggiungiamo! Hai notato che ha inserito pure la freccia?»

«Una presa per il culo totale. Sì! E ora che facciamo?»

«Hai fatto foto?»

«Ne ho fatte talmente tante che potrei metterle su un sito di auto usate.»

«Bene. Mandamele che domani faccio un po' di ricerche in giro. Auto di quel tipo non dovrebbero essercene troppe in giro...»

«Capo, costerà di sicuro più di centomila euro.»

«Domani controllo quante ne sono state vendute negli ultimi tempi. Tra l'altro si tratta di un modello nuovo, la casa costruttrice ha fatto un restyling tre mesi fa. Ma ne parliamo domani che ho bisogno di recuperare un po' di sonno...»

Cirillo arrivò a casa a mezzanotte. Fece una doccia veloce, poi prese un piatto di pasta dal frigo e lo riscaldò al microonde. Stava per mettere in bocca la prima forchettata quando vibrò il suo telefono.

«Antonio, sei sveglio?»

«Sì, Elena. Ma ancora per poco, mangio qualcosa e me ne vado a dormire. Tu dove sei?»

«Ho appena finito con dei clienti, una cena di lavoro. Ora torno a casa.»

«Turno… finito?» Voleva capire se avrebbe continuato la serata o meno.

Da donna intelligente, subito afferrò il senso dalla sua domanda.

«Se intendi il dopocena, credo di non volerlo più fare.»

«E come mai? Perdere un guadagno tanto rilevante…»

«La prossima volta che ci vediamo te lo dico.»

«Sabato?»

«Sabato» confermò lei. «Ma ora va, ti lascio dormire.»

Antonio restò col cellulare fra le mani per un bel pezzo, rincorrendo pensieri e immagini di lei. E quando alla fine infilò la forchetta nel piatto, la pasta si era freddata e la trovò immangiabile…

Quella mattina, attendeva i primi tabulati con le trascrizioni delle intercettazioni fatte sui telefoni di Maria Costa ed Elena Cerbone. Non era tranquillo. La sospettava in qualche modo implicata nella faccenda, e questo lo rendeva triste. Nonostante tutto, si rendeva conto, forse per la prima volta nella sua vita, di provare un sentimento forte.

Cirillo aveva sempre messo in cima alle sue priorità il lavoro. Non c'era mai stato spazio per immaginare e programmare una relazione, ma questa volta era nato in lui un sentimento fatto di tenerezza, ammirazione e attrazione fisica: la tenerezza per la vita tormentata che Elena aveva trascorso, fatta di violenze, soprusi e tradimenti; l'ammirazione per la capacità di affrontare la dura realtà e di ricostruire la sua vita e infine l'attrazione fisica per una donna di una bellezza e sensualità esplosive, in netto contrasto con il velo di tristezza che spegneva il suo sguardo.

Lofabio entrò con i tabulati e gli si sedette di fronte.

«Da chi cominciamo?» chiese.

«Inizia da Maria Costa.»

«Chiama la madre, gli amici della band. Poi le telefona un tipo che le va dietro, ma lei lo manda a cagare. L'unica cosa che non mi convince del tutto è la consegna di venerdì.»

«Quale consegna?» chiese il commissario.

«Ha chiamato il solito tizio, quello che porta i pacchi al negozio. Ha detto che avrebbe lasciato un pacco venerdì alle tre del pomeriggio e che ne avrebbe ritirato un altro.»

«Vorrà dire che saremo lì al momento dello scambio...» Poi, con un'espressione tra il preoccupato e il rassegnato, tirò fuori la domanda che gli premeva di più. «E ora dimmi della Cerbone...»

Sapeva che Lofabio le cattive notizie se le conservava per ultime. Tirò un sospiro e attese di ricevere la mazzata.

«La Cerbone riceve molte telefonate dalla sua agenzia, ma sembra che detti lei le regole. Sceglie solo gli appuntamenti che le garbano e ne rifiuta tanti.»

«Se lo può permettere?»

«Commissà, dal tono di voce e da come la tratta la segretaria dell'agenzia, con un rispetto e una riverenza tale, sembra che abbiano paura di perderla. E questa cosa mi ha insospettito. Perché ho pensato: questa agenzia sicuramente avrà decine e decine di ragazze e anche se la Cerbone fosse la più bella e richiesta di tutte, certamente non potrebbe permettersi di dettare lei le regole. Secondo me, c'è sotto qualcosa.»

«Per esempio?»

«Penso che qualcuno la raccomandi... Insomma quelli dell'agenzia hanno quasi paura di lei.»

A quell'insinuazione il commissario annuì. Però conoscendo il suo assistente capo, sapeva che non era ancora tutto lì. «Capisco. Ma manca ancora il pezzo forte, vero, Lofabio?»

«Sissignore, capo. Quello l'ho conservato per ultimo.»

«Di questo non avevo dubbi» disse Cirillo. Conosceva bene il modo in cui il suo collaboratore scriveva i rapporti: aveva uno schema predefinito, sempre lo stesso. Iniziava con le informazioni poco importanti o per niente utili alle indagini, continuava con un crescendo, prima riportava quelle appena più degne di nota, poi quelle più importanti, e alla fine, con un colpo di teatro, dava quello che era l'indizio o la prova più significativa.

«Allora, cosa hai scoperto?»

«La Cerbone ha ricevuto tre telefonate da un numero privato. La cella agganciata sta nella capitale.»

«Roma?»

«Zona Prati.»

«E cosa si sono detti?»

«Nulla, capo.»

«Come, *nulla*? Allora l'indizio dove sta?»

«Nel fatto che la Cerbone non risponde, ma poi ascolta i messaggi che le vengono lasciati in segreteria.»

«Messaggi?»

«Messaggi in codice, credo. Commissà, il primo diceva semplicemente: *il cane è partito*; il secondo: *preparati*; e il terzo: *porta la pappa al cane*.»

Cirillo rimase basito. «Che io sappia Elena non ha nessun cane... E l'ultimo messaggio, quando lo ha ricevuto?»

«Stamattina.»

«Allora devi seguirla, e capire questa *pappa al cane* dov'è che deve portarla.»

«Infatti sto andando. Non può sfuggirmi, perché la stiamo geolocalizzando tramite il suo cellulare.»

A quel punto, la posizione di Elena pareva complicarsi. Amaramente sorpreso dal rapporto di Lofabio, in precedenza Antonio aveva sperato che Elena fosse totalmente estranea a quella torbida faccenda. I dubbi erano poderosi, anche se, ricordando le lacrime di lei, quando gli aveva raccontato della sua vita, si scoprì ancora convinto della sua sincerità.

Tuttavia c'era qualcosa che non quadrava, e non riusciva a capire che cosa…

«Ricordati» disse a Lofabio, «che venerdì pomeriggio alle tre c'è la consegna e il ritiro di un pacco nel negozio di via Toledo. Probabilmente si tratterà di scarpe, o di merce per il negozio.»

«E tuttavia…» insinuò l'altro.

«Certo, se si fosse trattato di un pacco personale, Maria non avrebbe avvisato Monaco. Il tutto quindi farebbe pensare a un inutile dettaglio per le indagini…»

«Ma, come dice sempre lei, commissario, è nei dettagli che si nasconde il diavolo.»

«Vedo che te lo ricordi, Lofà. A volte sono le cose più insignificanti a condurti indirettamente alla risoluzione di un caso. Ma ricapitoliamo: venerdì, mezz'ora prima delle tre, tu ti apposti al bar vicino al negozio, ti siedi al tavolino e ordini un caffè. Io aspetto in auto, e appena il corriere consegna il pacco entriamo nel negozio.»

Lofabio concordò. «Così capiamo come si comporta la ragazza: se nasconde il pacco oppure nega di averlo ricevuto, la cosa puzza…»

Palmese fece capolino nella stanza.

«Pasquale, a che punto sei con le foto del Club 91?»

«Stiamo incrociando i volti delle persone presenti quella sera con tutti quelli contenuti nei nostri schedari. Speriamo di arrivarci prima possibile.»

Cirillo annuì. «Una volta che avremo capito chi frequenta il locale, un altro tassello finirà al suo posto. E il puzzle comincerà a formarsi, mostrandoci il vero volto di questa faccenda.»

Fu a quel punto che Rachele Cozzolino entrò nella stanza, passo deciso, aria agitata e sul viso l'espressione di chi deve assolutamente dire qualcosa di vitale importanza.

«Che c'è, Cozzolino?»

«Commissario, due notizie importantissime: una buona e una un *poco peggio.*»

Lofabio guardò con aria disperata quella scena melodrammatica, pensando alla figuraccia che gli avrebbe fatto fare nel locale come sua compagna di ballo.

«E quali sono queste notizie importantissime?» chiese Cirillo.

«Abbiamo appurato che, da quando è in vendita quel modello di Bmw, ne sono state vendute circa trecentoventi solo in Italia, ma una sola è stata rubata e il colore corrisponde a quello delle nostre foto.»

«Quando e dove?» chiese Cirillo.

«Due mesi fa, commissario. Tre giorni dopo che la concessionaria l'aveva consegnata a un avvocato di Mantova, che all'epoca sporse regolare denuncia di furto.»

In piedi vicino alla porta, Lofabio stringeva in una mano i tabulati telefonici che aveva arrotolato per il lato lungo del foglio, formando un cilindro. Lo puntò verso di lei. «E la seconda notizia? Quella *un poco peggio*, qual è?»

«Ecco… L'auto rubata è stata ritrovata stamattina alle sei nella zona industriale di Acerra, mezza bruciata.»

«Come, *mezza bruciata*?»

«Sì, commissario. Un automobilista di passaggio ha visto da lontano due uomini con in mano delle latte che la cospargevano di un liquido. E quando ha visto le

fiamme, ha chiamato subito i vigili del fuoco. Quelli hanno la caserma a due chilometri dal posto, sicché i pompieri sono arrivati in due minuti e hanno spento l'incendio. Ma i piromani se l'erano già squagliata.»
Cirillo prese la giacca e disse ai suoi a Lofabio e a Cozzolino: «Venite tutti e due con me, voi. Invece Palmese, tu resti qua. E avvertici se qualcosa si sblocca»…

In mezz'ora Cirillo e i suoi arrivarono nella zona industriale di Acerra denominata ASI, che sta per Area di Sviluppo Industriale. Percorsero l'Asse mediano, una strada a scorrimento veloce che collega Napoli con i Comuni a nord per nulla illuminata. E visto che è anche lontana dai centri abitati, la notte risulta completamente buia.

Sotto un cavalcavia, la sirena dei vigili del fuoco lampeggiava ancora.

«Eccola laggiù!» la indicò Cirillo e Lofabio imboccò l'uscita.

L'auto era bruciata, soprattutto nella parte anteriore; le fiamme avevano annerito la vernice del cofano e delle portiere anteriori.

Pochi danni, grazie all'intervento dei pompieri, che erano riusciti a spegnere l'incendio rapidamente. Anche gli pneumatici erano ancora gonfi, ricoperti però da consistenti tracce di fuliggine. Antonio scese dalla gazzella e si avvicinò al luogo del disastro.

«Sono il commissario Cirillo, avete già aperto la vettura?»

«Ancora no. Le portiere sono bloccate e aspettiamo l'autorizzazione a procedere.»

«Ma apritele subito!» sbottò. «E se dentro ci fosse intrappolato qualcuno?»

Il caposquadra intervenne. «Li vede i passaruota?» chiese, indicando la curva della carrozzeria appena sopra le ruote.

«Sì, e quindi?»

«Quindi la distanza tra le ruote e la carrozzeria è uniforme» spiegò con la massima calma. «Il che significa che gli ammortizzatori non sono caricati con nessun peso, altrimenti lo spazio si sarebbe ridotto e l'auto risulterebbe leggermente inclinata. Dunque...»
«Ho capito, grazie» annuì Cirillo. «Ora però procediamo, vi autorizzo io.»
Il caposquadra fece un cenno ai suoi. Il più magro si avvicinò alla portiera anteriore e aiutandosi con un cacciavite fece saltare la maniglia. Estrasse la serratura, collegata a due fili elettrici. Il suo collega gli passò una batteria dalla quale uscivano due cavi, uno rosso e uno nero. Li appoggiò sui fili della serratura e immediatamente si sentì il rumore dello sblocco della chiusura centralizzata.
Cirillo aprì la portiera dal lato guidatore e guardò all'interno. Sembrava un'auto normalissima... L'unico elemento insolito pareva un piccolo tunnel di circa otto centimetri, che partiva dai pedali del guidatore, passava sotto al sedile, e arrivava al grande vetro scuro che divideva i sedili anteriori da quelli posteriori. Cercò di capire cosa fosse, si diresse verso la portiera posteriore. I vetri erano del tutto oscurati da una pellicola nera, così che dall'esterno non si vedesse nulla.
Aprì e rimase impietrito.
«Cazzo!» esclamò. «Che cosa hanno combinato!»
Lofabio e Cozzolino erano esterrefatti, e anche i vigili avevano gli occhi sgranati per lo stupore.
Un grande monitor curvo, collegato a diverse telecamere poste sugli specchietti e sul parabrezza, riprendevano la strada davanti con una visione a 180 gradi. Un altro piccolo monitor, posto appena sotto,

mostrava la strada dietro la vettura. Una cloche come quella degli aeroplani era collegata tramite un tunnel alla scatola dello sterzo. Infine, il cambio automatico veniva comandato elettricamente tramite dei pulsanti fissati sul bracciolo.

Cirillo prese il telefono e iniziò a fare foto.

«Questo è un lavoro da veri professionisti!» Lofabio era affascinato. «Persone preparate, ingegneri esperti di automazione industriale…»

«Ma chi potrebbe averlo progettato?» chiese il commissario.

«Be', esiste una sola autofficina che potrebbe aver fatto tutto questo.»

«E sarebbe?»

«La *Dream Car Project*. Fanno modifiche alle automobili di serie, alla carrozzeria, ai motori e anche agli interni. Si preoccupano pure di farle collaudare alla Motorizzazione Civile.»

«Che clienti ha?»

«Persone benestanti, naturalmente, fissate con la personalizzazione dei beni. Vip che chiamano architetti famosi per le loro case, fanno feste a tema per le loro ricorrenze e si fanno personalizzare anche gli abiti e le macchine.»

«Gente ricca…»

«Più precisamente "arricchita", capo. E comunque li conosco e so che i lavori più difficili li esegue direttamente il titolare dell'azienda, l'ingegner Dimaro.»

Cirillo si passò una mano tra i capelli, mentre guardava i tecnici della Scientifica che stavano ispezionando gli interni dell'auto. Si avvicinò loro. «Prendete le impronte dietro ai punti di fissaggio dei monitor» ordinò, indicando delle staffe con numerose viti fissate alla carrozzeria. «Poi vi manderò io delle impronte per il confronto.»

Rientrati in auto, Cirillo disse ai suoi due collaboratori: «Lasciatemi al commissariato, poi andate alla *Dream Car* e conducete Dimaro nel mio ufficio. Dobbiamo fare presto, prima che sia divulgata la notizia del ritrovamento»
«E che gli diciamo, capo?» chiese Lofabio. «Se ha la coda di paglia, l'ingegnere si preoccuperà.»
«Ditegli che si tratta di una consulenza tecnica urgente, richiesta espressamente da me, d'accordo?»
Arrivato nel suo ufficio, aprì il primo cassetto della scrivania, tirò fuori una scatola con dei guanti di lattice e ne indossò un paio. Quindi chiamò Palmese: «Portami una confezione sigillata di bicchieri di plastica, poi stampa queste foto senza toccare i fogli. Chiamami quando hai finito, che le prendo io dalla stampante».
Ottenuti i bicchieri di plastica, aprì la busta e ne prese uno dal centro della pila. Lo collocò su di un piccolo vassoio, lo riempì d'acqua, ripose il tutto nel mobiletto sotto la fotocopiatrice dove Palmese stava inviando le stampe.
«Arriveranno Lofabio e la Cozzolino con un ingegnere. Pasquà, quando ti chiedo l'acqua, tu mi porti il vassoio che ho messo dentro al mobiletto, sono stato chiaro? E mi raccomando: non toccare il bicchiere, solo il vassoio, hai capito?»
L'altro annuì.
«E hai finito con le stampe?»
«Questa è l'ultima, capo.»

«Bene! Aspetta qua...» Cirillo ritornò dopo pochi secondi con una cartellina, prese con molta cautela i fogli dalla fotocopiatrice, quindi rientrò nel suo ufficio. Dieci minuti dopo, Lofabio apparve sulla porta.

«Commissario, c'è l'ingegner Dimaro.»

«Fallo entrare.»

Giuseppe Dimaro entrò nell'ufficio di Cirillo con una certa apprensione che non riusciva a mascherare. Non capiva esattamente il motivo di quella convocazione e nei suoi occhi il commissario intravide un groviglio di dubbio e ansia.

Il commissario si mostrò rassicurante. «Ingegnere, si accomodi pure. Innanzitutto la ringrazio per essere venuto...»

«Potevo esimermi?» domandò l'altro, con una certa punta di scetticismo nella voce.

«Sì, poteva. Perché si tratta solo di una consulenza tecnica informale. Un favore che le chiedo e di cui, a tempo debito, saprò come disobbligarmi. E mi scuso se l'ho convocata senza preavviso, ma si tratta di una faccenda molto urgente e molto strana che mi sta a cuore.»

A quelle parole, e dinanzi al sorriso aperto del poliziotto, Dimaro parve rassicurato.

«Capirà, signor commissario, non sono mai stato qui. E vedendo arrivare la gazzella della polizia nella mia azienda e i suoi colleghi che mi han chiesto di seguirli, un po' mi sono preoccupato. Non che abbia nulla da nascondere, sia chiaro, però, sa...»

Cirillo annuiva e allargò le braccia, i palmi all'insù in modo totalmente empatico.

«Una reazione comprensibilissima, ingegnere amabile. Non deve preoccuparsi. Palmese, porta un bicchiere d'acqua fresca all'ingegnere!»

«Allora, signor commissario, mi dica di cosa si tratta.» L'agente poggiò il piccolo vassoio con il bicchiere sulla scrivania. Dimaro lo prese e bevve, poi si guardò attorno cercando un cestino.

«Stia, stia, ingegnere. Lo lasci sul vassoio che lo buttiamo noi nella differenziata.»

Poi Cirillo prese la cartellina e gliela porse: «Guardi queste foto».

Dimaro le sfogliò a una a una, lo sguardo impassibile.

Il commissario lo fissava per carpirne ogni singola espressione. «Ha per caso idea di chi possa aver fatto una cosa del genere? Non dovrebbero essere molte le aziende specializzate in questo tipo di modifiche.»

L'uomo alzò lo sguardo dalle foto. Fissò un punto nella parete alla sua destra e rispose: «Facile a dirsi. Si tratta di un lavoro che solo poche officine realizzano, in Lombardia o in Germania. E poi ci vuole sempre un *Sistem Integrator*».

«Di che si tratta, ingegnere?»

«Di un professionista capace di integrare i vari sistemi, meccanici, elettronici e informatici, in modo che possano dialogare e interagire insieme alla perfezione.»

«Può darmi qualche nome?»

«Vista la complessità del lavoro, azzarderei che si tratti di più officine, ognuna chiamata a realizzare la sua parte del lavoro. Però mi spiace, non saprei indicarle quali.»

«Peccato, ma va bene così.» Cirillo allargò le braccia, rassegnato, ma sempre sereno. «E direi che a questo punto non ho nient'altro da chiederle. Lei è stato molto gentile e disponibile, una cosa che, mi creda, apprezzo moltissimo.»

«Commissario, avrei voluto poterla aiutare, ma…»

«Lo ha fatto, non sa quanto. E vorrà dire che sposteremo le nostre indagini in Lombardia… Grazie ancora, ingegnere.»

Gli strinse la mano e l'accompagnò alla porta.

Poi prese una busta di plastica trasparente e vi mise all'interno il bicchiere; in una busta di carta all'interno le foto e chiamò Lofabio.

«Porta tutto alla Scientifica. Si tratta di una faccenda urgente, digli che voglio la risposta entro domani.»

Girò le spalle e fece due passi, poi si fermò di colpo. Si girò nuovamente verso Lofabio e aggiunse: «Tanto io la risposta già la conosco»…

Alle quattordici e trenta di quel venerdì, Lofabio era seduto a un tavolino esterno del Bar Toledo. Aveva indosso un cappello di quelli con la visiera, con stampato il nome di un college; un giacchino in lino blu scuro con il bavero alzato e gli occhiali da sole. Neanche sua madre lo avrebbe riconosciuto. Si era seduto nell'angolo interno del gazebo, che gli concedeva una visuale perfetta del negozio di scarpe. Ordinò un caffè schiumato e un bicchier d'acqua. Quindi sfilò una copia del Mattino dalla tasca, lo aprì e fingendo di leggere controllava chiunque entrasse o uscisse dalla rivendita di calzature.

Alle tre meno un quarto arrivò Cirillo e si sedette di fianco a lui.

«Allora, che cosa succede?»

«Cinque minuti fa è apparsa la Cerbone, è entrata con un pacchetto sotto al braccio, una scatola di scarpe avvolta con carta da imballaggio e legata con dello spago. Ne è uscita con un altro simile.»

Cirillo si incupì. I fatti gli stavano dando torto, dimostrando che la Cerbone era coinvolta in quella strana faccenda e lui non voleva prenderne coscienza. Ma la sua mente e il suo cuore si rifiutavano di credere che non fosse sincera.

Mentre cercava di capire il motivo di quello scambio, uno scooter si fermò proprio lì davanti. Un ragazzo scese, con un pacco in mano, entrò nel negozio e ne riuscì subito con in mano un'altra scatola, pronto a ripartire. Lofabio si tolse gli occhiali, prese una penna e annotò la targa su un angolo del quotidiano. Poi guardò Cirillo.

«È uscito con il pacco che ha portato la Cerbone…»

Il commissario si alzò di scatto e si avviò verso il negozio. Lofabio fece appena in tempo a togliersi cinque euro dalla tasca e a lasciarli sul tavolo per pagare la consumazione. Dovette correre per raggiungerlo e i due quasi si scontrarono con Alberto Monaco, che usciva a passo spedito.

«Commissario, ha bisogno di me?»

«No, signor Monaco. Volevo solo fare alcune domande alla sua commessa.»

«Si accomodi pure. E se la mia presenza non è indispensabile… Sa, avrei una commissione urgente da fare.»

«Per me può andare, Monaco.»

«Ah, commissario…»

«Sì?»

«Faccia attenzione, ché Maria sta ascoltando musica dalle cuffiette. Non la spaventi.»

«Stia tranquillo, faremo piano.»

Entrati, notarono che Maria aveva effettivamente su le cuffie. Stava ascoltando canzoni a un volume altissimo, mentre con la testa piegata sul cellulare scambiava commenti in chat, muovendosi a tempo con la musica. Ogni volta che inviava un messaggio, staccava le mani dal cellulare, accennando passi di danza e gridando *Ye, Ye, Ye*. Quindi beveva un sorso di caffè da una tazzina poggiata sul bancone e poi riprendeva a chattare. Non si era accorta della loro presenza.

Con la mano, Cirillo fece segno a Lofabio di aspettare. Prese un grande calzascarpe poggiato sulla parete, si avvicinò con cautela a quella improvvisata commessa che continuava a ballare e cantare, senza preoccuparsi di nient'altro al mondo, si mise a una distanza di sicurezza, alzò l'oggetto in aria e lo fece sbattere con violenza sul bancone.

Maria si fermò di botto, vide Cirillo, afferrò la tazzina del caffè e di stizza la lanciò colpendolo sul naso. Poi cominciò a gridare.

«Ma allora lo fate apposta! Volete farmi venire un infarto? Un po' di attenzione, echeccazzo!»

Il commissario cominciò a perdere sangue dal naso. Piegò la testa verso l'alto e Lofabio, con un fazzoletto di carta, fece due piccoli rotoli che gli conficcò nelle narici.

«Signorina Costa, ma è possibile che ogni volta che vengo nel suo negozio lei attenta alla mia vita?» borbottò Cirillo. Con i due rotolini che gli scendevano dal naso, adesso sembrava un tricheco.

«Ma se è stato lei a entrare di soppiatto! E poi, scusi, mi ha spaventata battendo il calzascarpe sul tavolo!»

Quella tipa fuori di testa era decisamente irrecuperabile.

«Lasciamo perdere, mi dica piuttosto chi è quel tizio che è uscito poco fa.»

«Ah, Valentino.»

«Valentino chi?»

«Il ciabattino. Sa chi è un ciabattino, o no?»

«Me lo dica lei.»

«Valentino ritira le scarpe dei clienti che hanno bisogno di lucidarle, sostituisce tacchi, suole e altre piccole riparazioni. Sa, i clienti che comprano scarpe costose vogliono che siano sempre perfette, e noi offriamo questo servizio.»

Cirillo si ripulì il naso con un fazzoletto. Guardò la commessa dritto negli occhi e con tono deciso le chiese: «Il pacchetto che cosa contiene?».

«Sono le scarpe della signora Cerbone, quelle che ha comprato qualche settimana fa. Dopo che ha acquistato due paia di scarpe, ogni settimana me ne porta un paio da lucidare e ritira quello della precedente.»

Cirillo rimase a pensare. Certo, si rendeva conto che Elena aveva un ruolo nella faccenda.

Maria lo fissava, in attesa di una sua reazione, ma fu Lofabio a intervenire, interrompendo quel silenzio innaturale che aveva riempito il negozio.

«Possiamo aprire il pacco?» chiese.

«Ma certo» rispose Maria. «Tanto è già aperto.»

Cirillo si svegliò dallo stato di catalessi emotiva che si era impadronito di lui, aprì la scatola e vide le scarpe. Le solite rosse col tacco in metallo a forma di parallelepipedo. Le scrutò in ogni angolo, guardò bene ogni dettaglio. Poi le capovolse e notò tra la suola e il tacco una piccola leva in metallo: la spinse, udì un click e il tacco venne via.

«Può farmi vedere un altro paio come queste?»

Maria si diresse verso la vetrina e prese quelle in esposizione. «Tenga, commissario.»

Cirillo sganciò il fermo sotto la scarpa destra e staccò il tacco, quindi lo soppesò, poi fece la stessa cosa con quello di Elena.

«Quando passa la signora per il ritiro?»

«Stasera alle diciannove, poco prima della chiusura.»

«Bene» rispose Cirillo. «Le scarpe le prendo io e gliele riporterò in negozio alle diciotto. Ma, Maria... non dica nulla a nessuno, nemmeno ad Alberto. Perché se le dovesse scappare qualcosa di bocca...» E qui la voce assunse un tono sgradevole tra il minaccioso e l'irreparabile, «... la riterrò responsabile e complice di reato, sono stato chiaro?»

«Reato? Quale reato?»

«Ora non posso dirle nulla, ma le assicuro che se dice qualcosa, una quindicina di anni di carcere non glieli toglie nessuno.»

Era un bluff, naturalmente, ma la ragazza, facilmente impressionabile, non poteva saperlo.

«Stia tranquillo, commissario» inghiottì timore e allarmismo. «Sarò muta come una vongola!»

«Come un pesce, vorrà dire.»

«Perché lei ha mai sentito una vongola parlare?»

Lofabio interruppe quella discussione surreale: «Andiamo, commissario, abbiamo poco tempo».

Maria lo guardò uscire, rimise le cuffie alle orecchie e ricominciò il niente che faceva in precedenza.

Giunti sulla strada, Cirillo chiese a Lofabio di portare le scarpe in ufficio, ma di passare prima dalla Scientifica e di portare un tecnico con sé. Lui li avrebbe raggiunti di lì a poco. Quindi infilò una serie di stradine laterali fino ad arrivare in via dei Guantai Nuovi, in un piccolo negozio di bigiotteria. Entrò e chiese: «Avete pietre simili a diamanti?».

La commessa annuì. Prese una scatola di cartone. «Ce ne sono di tutte le misure» mostrò. «Da quella piccolissime a quelle da due, tre centimetri, scelga lei.»

Cirillo le guardò.

«Me ne dia trenta di varie misure, tranne quelle molto grandi. Diciamo che fino a cinque sei millimetri vanno bene.»

L'altra eseguì, scegliendo una trentina di piccole riproduzioni di diversi tagli: rosa, smeraldo, carré, baguette, princess.
Antonio ne prese uno: «Incredibile, sembrano veri!».
«Perché questi sono quelli di qualità più elevata, realizzati in cristallo di primissima qualità. Anche un occhio esperto fa inizialmente fatica. E comunque occorre una bilancia per averne certezza.»
«Una bilancia?»
La commessa confermò. «Certo, un diamante è più leggero. Ad esempio, un carato pesa zero virgola venti grammi e misura sei virgola quattro millimetri di diametro. Uno zircone del diametro di sei virgola quattro millimetri pesa invece uno virgola settanta carati.»
«Capisco» disse Cirillo. «Quindi, senza bilancia, potrei anche scambiarli per veri.»
«Questi sì.»
«Quanto le devo?»
«Ecco a lei, sono centoventi euro in tutto.»
«Cavolo! Costano quasi quanto i diamanti. Tenga, pago con la carta...»
Arrivato in ufficio trovò Lofabio e il tecnico della Scientifica ad attenderlo.
«Commissario, il dottor Perna è stato così gentile da seguirmi subito.»
Cirillo gli strinse la mano. «Le spiego di cosa si tratta.» Aprì la scatola, ne estrasse una scarpa e fece scattare il fermo sotto la suola, quindi prese il tacco e glielo consegnò. «Dovrebbe aprirlo e vedere cosa c'è dentro.»

Dagli attrezzi che aveva con sé, Perna sfilò una lente d'ingrandimento e un giravite. Scrutò il tacco con attenzione da tutti i lati.

«Si apre dall'alto» spiegò dopo l'esame. Infilò il piccolo giravite in una minuscola scanalatura e il coperchio sopra al tacco si aprì. Lo capovolse e venne fuori una bustina trasparente contenente delle pietre trasparenti.

Dodici.

Dodici diamanti.

Cirillo li mise sopra un foglio di carta, poi tirò fuori dalla tasca la busta con quelli finti.

«Scegliamo i più simili e sostituiamoli.»

Al termine dell'operazione, prese i diamanti veri e li consegnò a Lofabio.

«Questi da ora sono sotto sequestro. Fa' subito rapporto e chiudili in cassaforte. Io riporto le scarpe al negozio prima che la Cerbone le venga a ritirare.»

Dieci minuti dopo era lì, la scatola tra le mani di Maria e il cuore carico di tristezza e delusione. Elena era davvero coinvolta? Poteva essere verosimile che non sapesse nulla dei diamanti? Mentre si poneva queste domande, la sua attenzione fu catturata da un artista di strada, accompagnato da un cagnolino che girava tra il pubblico con un piccolo cappello tra i denti. Al termine della sua esibizione fatta con i birilli, diede un ordine perentorio al cane, il quale, più impaurito che divertito, andò a raccogliere le offerte di chi si era fermato a guardare. In quel preciso momento, Cirillo capì cosa stava accadendo. Lo sguardo gli si rasserenò e riprese a camminare con più certezze…

Quella mattina, aspettava l'identificazione delle impronte digitali dell'ingegner Dimaro e il riscontro sulle foto scattate al Club 91. La busta della Scientifica era sulla sua scrivania. Antonio prese il taglierino e l'aprì per il lato lungo: tirò fuori un foglio piegato in tre e lo lesse velocemente.

«Non avevo dubbi!» sbottò.

Chiamò Lofabio e gli ordinò di andarlo a prendere, mentre avvisava il sostituto procuratore Tamaro di sporgere un mandato d'arresto.

«Buongiorno, commissario.»

«Dottor Tamaro, ha visto il raffronto delle impronte trovate nella Bmw con quelle di Dimaro?»

«Certo, crede che dormiamo qui in procura?»

Cirillo trattenne a stento una rispostaccia. «No, volevo solo ricordarle del mandato.»

«Ma lei ha aperto la posta elettronica stamattina?»

«Non ancora» si giustificò il commissario.

«E allora, le consiglio di guardare prima la mail e poi eventualmente di telefonarmi. Noi in procura lavoriamo, caro Cirillo, non abbiamo tempo di curare il nostro *outfit* o di andare dal parrucchiere, soprattutto io che sono calvo! Il mandato è nella sua casella da stamattina! Vada subito a prenderlo prima che scappi, e soprattutto non mi faccia perdere altro tempo!» urlò, come sempre irritato e di pessimo umore.

Clic.

Antonio rimase con il telefono in mano mentre entrava Palmese con le foto.

«Aspetta un secondo...»

Chiamò la Cozzolino con l'interfono.

«Mi dica, commissario.»

«È già uscito Lofabio?»

«Non ancora, è qui davanti a me.»

«Bene, allora stampa il mandato di arresto arrivato via e-mail e daglielo.»

Chiuse la comunicazione e non riusciva a celare la sua soddisfazione, tanto che se ne accorse pure Palmese.

«L'abbiamo incastrato?» chiese l'agente.

«Con le mani nella marmellata. Durante il nostro incontro l'ingegnere era teso. Guardava le foto ma, come dire? Aveva lo sguardo di chi se le facesse scorrere sotto gli occhi senza vederle davvero. Poi ha provato a depistarmi dicendo che si trattava di un lavoro specializzato che potevano fare solo al Nord, ma ci siamo informati e non è così, visto che molte eccellenze in campo automobilistico sono qui… E adesso fammi vedere le tue foto.»

«Commissà, nessuno dei presenti al tavolo della Cerbone è nei nostri schedari. Sono tutti professionisti, industriali, gente facoltosa, ognuno di loro accompagnato da una modella, e anche queste pulite.»

Cirillo si soffermò su due scatti in particolare: uno preso all'ingresso, l'altro colto poco prima di uscire dal locale.

«Guarda questa modella» disse a Palmese. «Porta le stesse scarpe della Cerbone. E nota bene come il tallone aderisce alla scarpa.»

«Vedo.»

«Adesso guarda quest'altra. Osserva la stessa donna, le stesse scarpe, ma ora il tallone è lontano quasi un centimetro dal bordo.»

L'agente era confuso. «Vedo… però non capisco.»

«Palmese, e dai! Ha fatto scambio di scarpe con la Cerbone!»

«Possibile mai?»

«Ma sì! Per quanto possa essere alta, una giapponese notoriamente ha sempre il piede più piccolo di un'europea. In questo caso forse solo di un numero.»

«Il che vuol dire che hanno consegnato i diamanti ai giapponesi! Scambiandosi le scarpe?»

«E il loro contenuto. Precisamente! Ora dobbiamo aspettare soltanto che si accorgano che sono falsi.»

Palmese si grattò la zucca, arrovellandosi su un pensiero che lo disturbava: «Commissario, ma questo non mette in pericolo la Cerbone?».

«È una possibilità, senza dubbio. Bisognerebbe sapere quanto sia implicata in questa faccenda. Ma se ho imparato un po' di questo mestiere, sono certo che agisce ricattata da qualcuno… Lasciami le foto qui, che devo fare delle telefonate.»

L'agente lasciò la stanza. Cirillo attese che si allontanasse, prese il telefono e chiamò Elena.

«Non ci sentiamo da qualche giorno» esordì.

«Oh, Antonio, mi fa molto piacere sentirti. Tu come stai?»

«Bene. Volevo chiederti se in questi giorni devi lavorare.»

«Ho una cena domani. Se vuoi, possiamo incontrarci dopodomani.»

«Per te va bene se ci vediamo quando hai finito?»

La donna restò meravigliata da quella strana richiesta. Non sapendo cosa rispondere, dopo qualche secondo di esitazione disse: «Si farà tardi, finirò per le due. Ma se per te non è un problema, puoi passarmi a prendere al ristorante *La Lanterna*. Ti chiamerò non appena finisco».

«Lo farò.»

«A domani, allora.»

al ristorante *La Lanterna*. Ti chiamerò non appena finisco».

«Lo farò.»

«A domani, allora.»

Palmese entrò nell'ufficio di Cirillo con un'e-mail stampata tra le mani.

«Commissario, l'ho appena ricevuta.»

«Di che si tratta?»

«Dovremo rinunciare alla nostra gara di ballo, il gestore dell'*Hard Rock* mi comunica che per "motivi tecnici" la serata del 28 è stata annullata.»

«Forse hanno mangiato la foglia… Non spiegano quali siano questi "motivi tecnici"?»

«No, capo. È una comunicazione molto scarna, di appena due righe.»

«Tutto qui?»

«Tutto qui.»

Cirillo esitò. «Se hanno scoperto il nostro piano, chi può aver fatto la soffiata?»

«Gli unici a sapere della cosa siamo io, lei, Lofabio, Cozzolino e…»

«Chi sapeva oltre noi?»

«La Cerbone, commissario. Voglio dire, non credo che sia stata una soffiata di uno dei nostri. Ci sono troppi indizi, e lei m'insegna che tre indizi fanno una prova.»

«E quali sarebbero?»

«Il primo è la vita che conduce: non credo che una serata alla settimana le permetta di guadagnare tutto quello che spende.»

«Come fai a dirlo?»

«Mi sono informato su un sito di accompagnatrici: la loro tariffa è di cinquanta euro l'ora, e se continuano la serata, sono altri cinquecento.

Quindi settecentocinquanta euro al giorno, euro più euro meno. Ma visto che la Cerbone lavora di solito un giorno a settimana, arriverà sì e no a tremila euro al mese. Troppo pochi…»

«Il secondo indizio?»

«Se ben ricordo, la prima volta che vi siete incontrati la signora le ha raccontato un po' di frottole. Ma vistasi scoperta, le ha fatto una "confessione" raccontandole la vera storia della sua vita.»

«Vai avanti…»

«E poi ci sono le intercettazioni telefoniche. Ha sentito anche lei le parole in codice, tipo "porta la pappa al cane". Infine, la prova più importante: i diamanti che proprio lei, capo, ha scoperto nelle scarpe. Come vede, i tre indizi ci sono tutti, prova compresa.»

«Quindi, Pasquà, fammi capire: tu faresti subito firmare un mandato dal magistrato?»

«Assolutamente sì.»

«E così prendiamo la Cerbone, la quale può perfettamente dire che non sapeva nulla dei diamanti, visto che non è lei a infilarsi dentro i tacchi.»

«Ma se la torchiate…»

«Con un buon avvocato ne esce pulita e intanto le nostre indagini finiscono a puttane! Non solo non arriveremmo ai vertici di questa organizzazione, ma daremmo loro anche il tempo di riorganizzarsi. Tu cosa ne dici?»

L'altro restò in silenzio per un po'. «Be', vista così… Non ci avevo pensato, capo, ma ha ragione lei.»

«Il che dimostra il motivo per cui io sono commissario e tu agente scelto! Lascia stare, Palmese. Piuttosto, prendi la macchina che andiamo al locale a capire i motivi dell'annullamento.»

Nel locale c'erano tre operai intenti a sistemare i tavoli e il palco, e una quarta persona che dava indicazioni. Era Franco Crapelli, il gestore. Un tipo magro, calvo e dall'aspetto viscido. Portava degli occhiali con una montatura rossa, vetri spessi e vestiva *alla Maradona* (così si dice a Napoli di una persona che indossa capi costosi ma di dubbio gusto).

Scarpe a punta, abito a righe e camicia bianca, Crapelli sembrava uscito da un film di gangster ambientato negli anni '40.

Appena li vide arrivare sbottò. «Il locale è chiuso. Per i biglietti tornate oggi pomeriggio» disse con aria di sufficienza, senza avere la minima considerazione dei due.

Cirillo tirò fuori il distintivo, glielo mise sotto al naso e disse: «Commissario Cirillo, le devo fare qualche domanda».

L'uomo si voltò di colpo e la sua espressione cambiò improvvisamente.

«Buongiorno, commissario, come posso aiutarla?»

«Lei è il responsabile?»

«Sì, da circa un anno.»

«Dal suo accento non mi sembra del posto.»

«L'accento toscano è difficile da nascondere» ammise con un certo compiacimento fuori luogo.

«Lei ha annullato la serata del 28 per motivi tecnici. Può dirmi quali sono?»

«Vede, commissario, ho avuto problemi con i tecnici del palco, che mi hanno dato buca.»

«E non ha pensato a dei sostituti?»

«Ci ho pensato, ma non avrei fatto a tempo a metterli in regola. Io tengo a che tutti i miei collaboratori siano sempre perfettamente inquadrati e assicurati. Per me il rispetto delle regole e la sicurezza sul lavoro vengono prima di qualsiasi cosa!»

Mentre l'uomo parlava, i tre operai si erano dissolti da qualche parte. Cirillo volse lo sguardo verso la finestra alla sua sinistra e li vide intenti a scavalcare il muro di cinta.

"Probabilmente sono extracomunitari pagati in nero senza permesso di soggiorno", pensò. E invece disse: «Capisco, e questo le fa onore. Non è facile in questi contesti trovare persone ligie come lei».

«La ringrazio commissario.»

Palmese, che fino a quel punto era rimasto in silenzio, improvvisamente si animò: «Lei ha detto che è toscano, vero?».

«Certo, il mio accento mi tradisce.»

«Ma a giudicare dall'inflessione sarà nato ai confini con la Liguria.»

«Bravo! Sono di Massa Carrara, come ha fatto a capirlo?»

«Segreto professionale» rispose l'agente mentre si scambiava uno sguardo complice col commissario.

«Va bene, Palmese, possiamo andare. Signor Crapelli, la saluto.»

I due poliziotti andarono via con la consapevolezza di aver trovato un altro tassello del puzzle. Quell'uomo era invischiato fino al collo, e a tradirlo era stata la sua incapacità di fingere…

Antonio continuava a inviare messaggi sul telefono di Elena. Almeno uno ogni ora.

COME PROCEDE? È MOLTO NOIOSA LA CENA?

Cercava di capire chi fossero i commensali, ma era anche molto preoccupato per lei. Se avessero scoperto subito che i diamanti erano falsi, sarebbe stata in pericolo.

Elena rispondeva a tutti i messaggi, non subito ma appena poteva. Quando si alzava per andare al bagno, oppure quando gli altri erano impegnati in una discussione molto accesa, gli mandava l'emoticon del pollice alzato, tenendo il telefono nascosto sotto il tavolo.

All'una e mezza, Cirillo scese di casa per raggiungere il ristorante. Arrivò fuori pochi minuti prima delle due e parcheggiò poco distante. Prese il telefono e inviò l'ultimo.

SONO FUORI DAL LOCALE, TI ASPETTO IN MACCHINA.

Dopo dieci minuti, ricevette l'ok di Elena.

Alle due e mezza, però, non era ancora uscita. Pensò: "Aspetto ancora qualche minuto, poi entro". Non ce ne fu bisogno. Dieci minuti dopo la donna uscì dal ristorante. Si guardò intorno, riconobbe l'auto. Sorrise, come quando un bambino riconosce suo padre all'uscita di scuola. Gli andò incontro con passo deciso ed entrò.

«Che gioia vederti, non ce la facevo più. Una cena noiosissima.» Lo abbracciò, gli diede un bacio sulla guancia. «Dove mi porti?»

Lui mise in moto la macchina.

«Facciamo un bel giro della città. A quest'ora, senza traffico, è meravigliosa.»

Elena lo fissò con sguardo dolce. «Benissimo». Poi si toccò le caviglie: «Ti dispiace se mi tolgo le scarpe? Ho i piedi che mi fanno malissimo».

«Fa' pure, mettiti a tuo agio. Ho notato che le ami molto, le indossi sempre.»

«Sì, sono le mie preferite. Ne ho due paia uguali che alterno. Pensa che le porto tutte le settimane a lucidare, una settimana l'uno e una settimana l'altro.»

Dopo aver guidato per mezz'ora, Cirillo arrivò in via Manzoni. Parcheggiò l'auto sulla curva dove c'è una terrazza sul golfo. Erano le tre e un quarto, anche le ultime coppie rincasavano. Erano soli. Elena infilò le scarpe e propose: «Scendiamo a vedere il panorama?».

«Tra un attimo» rispose lui. Prese fiato e: «Elena, io ho fiducia in te. Credo che tu sia estranea alla faccenda e che ti stiano costringendo a fare qualcosa contro la tua volontà. Ti stanno ricattando? Io sono qui, in veste di amico. Un amico che nutre dei profondi sentimenti per te. Non sono qui come poliziotto, però vorrei che tu mi rispondessi sinceramente».

Lei parve turbata, come stretta fra il dire e il non dire. «Antonio…» cominciò titubante, «io ti ho sempre detto la verità.»

«Quale verità, Elena?»

«La verità è una, Antonio. Ma se non parlo adesso, è soltanto per proteggerti. Tu non sai…»

«Dimmelo tu quello che ignoro. Apriti ancora con me.»

La donna lo guardò come volesse accontentarlo, ma quel barlume di resipiscenza durò pochi istanti. «Spero che quando questa storia sarà finita» disse soltanto, «io

e te potremo finalmente frequentarci senza paure, come una coppia normale. Devi avere solo un po' di pazienza, ma sappi che non sono una delinquente.»
Lui sospirò. «Di questo ne sono certo, ma mi serve qualcosa in più, altrimenti anche per me sarà impossibile proteggerti. E ti assicuro che anche io voglio averti al mio fianco.»
Scese dall'auto e lui la seguì. Si affacciarono dalla ringhiera del marciapiede ammirando la città. Migliaia di luci costeggiavano la grande insenatura fino a Sorrento. Complice un vento fresco che aveva spazzato via la foschia, il cielo terso permetteva di scorgere anche le luci che illuminavano le strade di Capri. Elena si avvicinò, lo strinse forte tra le sue braccia, gli poggiò la testa sulla spalla e sussurrò: «Fidati di me, non chiedermi nulla. Ancora qualche settimana e poi saremo liberi».
Cirillo sentì un brivido percorrerle la schiena, l'aria fresca del primo mattino che pizzicava i volti. Prese il viso di Elena tra le sue mani, la guardò negli occhi e la baciò. «Mi fido di te» disse soltanto. «Ma ora entriamo in macchina che stai prendendo freddo.»

S'erano addormentati dentro l'auto, come due adolescenti.
Quando le prime luci dell'alba lo svegliarono, ancora intontito, Cirillo si voltò verso il lato del passeggero
«Elena, rientriamo?»
Aveva la voce impastata e un forte dolore alla testa. Ma alla sua destra non c'era nessuno.
Uscì dall'auto, si guardò attorno. "Sarà andata in bagno al bar", pensò. Ma il locale di fronte era chiuso. Allora prese il telefono e la chiamò. Al terzo squillo:

«Se vuoi rivederla viva» rispose una voce, «restituisci quello che ti sei preso».

Si sentì in colpa, per averla messa in pericolo e non aveva certo pensato a un piano di riserva. Dopo aver valutato quali potessero essere le sue opzioni, infilò una mano in tasca e si rese conto di avere ancora con sé la metà dei diamanti falsi. Mise in moto in direzione del commissariato.

Tranne un poliziotto che aveva fatto il turno di notte, nessuno era ancora arrivato. Salutò frettolosamente il collega e al primo piano raggiunse la stanza della cassaforte. La combinazione la conoscevano solo lui e Lofabio, oltre a essere scritta in una busta sigillata consegnata in questura. Fece in fretta. Prese i diamanti veri e li sostituì con quelli falsi. Entrò nel suo ufficio e mise in carica il telefono in attesa di essere ricontattato. Alle otto in punto arrivò Lofabio.

«Buongiorno, commissario. Mattiniero oggi, eh?»

Cirillo mugugnò qualcosa.

«Si ricorda di Valentino il ciabattino?» chiese l'assistente capo

«Il tizio che fa lo scambio di pacchi al negozio di Monaco?»

«Ebbene, mezz'ora dopo aver preso il pacco, è finito al pronto soccorso del Loreto Mare per ferite di arma da fuoco.»

«Ha detto qualcosa?»

«Che non capisce perché gli abbiano sparato. Secondo lui, c'è stato uno scambio di persona. E d'altro canto, è incensurato e non possiamo incolparlo di nulla. Può sempre negare di sapere dei diamanti.»

«Lofabio, qualcuno ha rubato le scarpe! Questa persona conosceva precisamente gli orari di consegna del pacco. È un cane sciolto, uno che sta provando a fregare gli artefici dell'operazione. Sorvegliate il tizio e annotate chi lo va a trovare in ospedale.»

«Al momento solo la moglie. Perché? Lei crede che sia in pericolo?»

«Mi sa di sì. Mettiamo comunque un paio di persone al piano dov'è ricoverato» concluse, certo che chi aveva rapito Elena era al corrente di molte cose e che era disposto a tutto pur di riavere i diamanti.

Lofabio si accorse che l'umore del suo capo non era il solito. Chiuse la porta dell'ufficio e gli si sedette di fronte.

«Commissario, con me può parlare. Ci conosciamo da quindici anni e non l'ho mai vista così preoccupata.»

Cirillo capì che non poteva fare a meno di vuotare il sacco. Doveva raccontare ciò che era accaduto poche ore prima e l'aiuto del suo collaboratore principale era per lui indispensabile. Lofabio era un soggetto fidato e discreto e in molti casi difficili aveva tenuto la bocca chiusa anche di fronte al procuratore Tamaro e alle sue trappole verbali. Così si decise a coinvolgerlo.

«Quello che ti dico dovrà rimanere in questa stanza.»

«Lo sa che di me si può fidare, capo.»

«Mi serve il tuo aiuto.»

«L'ascolto.»

«Hanno rapito Elena mentre era in macchina con me.»

«Dove?»

«Sul belvedere a Posillipo. Ci siamo appisolati un attimo, verso le quattro, e quando ho riaperto gli occhi non c'era più.»

«Aveva il finestrino aperto?»

«Solo qualche centimetro, per far passare un poco d'aria.»

«Allora vi hanno narcotizzati e poi hanno avuto tutto il tempo di portare via la Cerbone. L'hanno già contattata?»

«Sì. Ho provato a chiamarla, appena mi sono reso conto che era sparita.»

«E le ha risposto qualcun altro che le ha chiesto i diamanti.»

«Proprio così. E ora non so cosa fare.»

«Deve aspettare che la ricontattino. Per la Cerbone stia tranquillo, sono convinto che finché non riavranno i diamanti, non le faranno nulla.»

Prese l'accendino dalla tasca sinistra, cominciò a rigirarselo tra le mani per veicolare la sua ansia in un gesto automatico che ne scaricasse la tensione. Ce l'aveva lì la domanda che voleva fare al suo capo, ma il coraggio di farlo ancora gli mancava. Alla fine si decise. Rimise l'accendino in tasca e chiese: «Ha già preso i diamanti veri dalla cassaforte e li ha sostituiti con i falsi?».

Cirillo non si meravigliò dell'intuizione di Lofabio. Era un poliziotto molto intelligente a cui non era sfuggito il suo coinvolgimento sentimentale con Elena e il fatto di averlo trovato già in sede appena dopo l'alba. E ora aveva avuto la sua risposta.

«Non ho altra scelta. Sono io il responsabile di questo casino e io lo devo risolvere.»

«Mi tenga informato, commissario, da solo non può farcela. Per quanto riguarda i diamanti, nessuno li aveva ancora periziati. Potevano essere falsi anche quelli che abbiamo sequestrato…»

Cirillo lo guardò negli occhi e d'improvviso un lampo gli attraversò la mente. Un'intuizione, un altro pezzo del puzzle che chiedeva solo di occupare il suo posto.

«Qualcuno aveva già sostituito i diamanti!» esclamò.
«Porca puttana, commissario! È plausibile! In effetti la Cerbone, quando è entrata in negozio, aveva un pacchetto sotto il braccio legato con lo spago, e quando noi siamo entrati e abbiamo chiesto del pacco, la commessa ce l'ha consegnato già aperto! Quindi quella commessa aveva appena fatto lo scambio. Andiamo ad arrestarla.»
«Eppure…»
«Eppure?»
«Lofà, non hai valutato l'espressione del volto. Quando abbiamo chiesto il pacco a Maria Costa, lei non ha battuto ciglio, il suo volto è rimasto impassibile, non ha fatto nessun movimento strano. Lo ha preso da sotto il bancone e ha aggiunto con naturalezza: "È già aperto".»
«Sì, e allora?»
«E allora, quando una persona mente, solitamente fa dei gesti condizionati dal proprio subconscio: c'è chi si tocca l'orecchio, chi alza il sopracciglio, chi sorride nervosamente. Lei nulla, impassibile. Non ha aperto lei il pacco, ma Monaco, che è uscito di fretta proprio mentre noi arrivavamo. Si sarà accorto per caso del contenuto dei tacchi e avrà sostituito i diamanti.»
«Commissario, ma i falsi sono totalmente diversi. Gli zirconi che ha portato lei sono delle buone imitazioni, ma quelli nel tacco sembravano proprio veri.»
«Vieni con me, Lofabio. Andiamo dal gioielliere che sta a due isolati da qui. Ti darò la prova che i miei sospetti sono fondati.»

Cirillo conosceva il gioielliere Cioffi da molti anni: un uomo garbato con due baffetti ben curati, capelli nero corvino e il viso tondo e armonioso. Appena lo vide entrare, il commerciante sorrise.

«Buongiorno, Antonio, scommetto che ti serve una mia consulenza.»

«Hai vinto la scommessa, Raffaele, e un caffè.»

«Corretto, lo voglio. Ma dimmi, piuttosto, cosa posso fare?»

Il commissario tirò fuori dalla tasca i diamanti e glieli mostrò.

«Cosa mi dici di questi?»

Il gioielliere li studiò, e nemmeno per molto tempo.

«Fatti molto bene. Ma sono sintetici.»

«Come, *sintetici*?» chiese Lofabio.

«Riprodotti in laboratorio.»

«Raffaè, puoi essere più preciso?»

«Ci sono due tecniche: la prima è quella di prendere un frammento di diamante vero o sintetico, non fa differenza, e sottoporlo alla reazione di gas semplici di idrogeno e metano. In questo modo, gli atomi di carbonio si depositano sul frammento che aumenta di volume...»

«E l'altro?»

«L'altro metodo è quello della grafite, sottoposta ad altissime pressioni e temperature, per avviare il processo che darà vita al diamante. Praticamente si riproducono quelle condizioni naturali che la natura impiega milioni di anni a produrre. In laboratorio, però, basta una settimana.»

«Scusa, Raffaele, ma da cosa te ne sei accorto tanto velocemente?» chiese Cirillo.

«Amico mio, le pietre naturali presentano dei difetti interni, piccole imperfezioni che ne testimoniano la nascita spontanea. I sintetici, invece, tendono a essere più "puliti". Questo perché sono creati attraverso un processo controllato e progettato per minimizzare i difetti nella struttura cristallina.»

«Ma la certezza...?»

«Se vuoi la certezza devi fare una perizia gemmologica, ma posso dirti che diamanti così puri in natura non esistono.»

«E quanto costano?»

«All'inizio erano abbastanza costosi: circa settecento euro a carato. Pochissimo rispetto ai diamanti naturali, tuttavia comunque costosi. Oggi invece li puoi trovare su Internet a una cinquantina di euro al carato.»

Cirillo riprese le pietre e lo ringraziò. «Sei stato... prezioso, scusa il gioco di parole.»

«Guarda che ti aspetto per il caffè, e buona giornata.»

Usciti dal negozio, Lofabio chiese: «Commissario, e ora cosa facciamo?».

«Aspettiamo. Certamente chi ha rapito Elena non sa che i diamanti sono stati già sostituiti. Quindi aspettiamo le sue mosse, poi glieli restituiremo assicurandoci che la liberi.»

«E con Monaco?»

«Attendiamo un suo passo falso. Teniamolo sotto controllo e indaghiamo sulla sua situazione patrimoniale. Sono certo che non sa a chi vendere i diamanti, perché non è un esperto di ricettazione. Farà sicuramente un errore e noi lo incastreremo.»

«Ma si ricorda che oggi deve interrogare Dimaro? Ieri l'ingegnere è stato messo in isolamento a Poggioreale.»

«Ci andrò nel pomeriggio. Ho appuntamento con il procuratore, condurremo insieme l'interrogatorio. Tu intanto portami tutte le informazioni che riesci a reperire su di lui.»

Giuseppe Dimaro era seduto dietro al tavolo nella sala degli interrogatori. Il viso smunto, la barba incolta e lo sguardo perso. Accanto a lui l'avvocato Lamanna, un uomo sulla quarantina vestito in modo impeccabile, abito grigio, camicia bianca e cravatta regimental abbinata perfettamente nei colori.
Appena vide entrare Cirillo e Tamaro, subito il legale si alzò in piedi.
«Vorrei sapere perché trattenete il mio assistito senza un motivo» esordì il legale, senza salutare. «Sono due giorni che lo tenete in isolamento e noi non abbiamo ricevuto nessuna motivazione ufficiale.»
«Stia calmo, avvocato» rispose Tamaro con aria di sufficienza appoggiando la sua borsa sul tavolo. Tirò fuori alcuni fogli e una penna, e poi si sedette. «Prima di dare spiegazioni, vorrei sapere se il suo assistito intende collaborare.»
Il difensore s'inalberò: «Sostituto Tamaro, l'ingegnere è stato prelevato di notte dalla sua abitazione, strappato ai suoi affetti tra le grida della povera moglie che ha smesso di mangiare da due giorni, e il pianto dei suoi figli che chiedono alla propria madre: *Quando torna papà?* Il mio assistito è convinto che si tratti di un errore di persona. Lui non ha commesso nessun reato, né tantomeno riesce a capire il motivo del vostro accanimento e della sua detenzione. Si tratta di un professionista stimato che è diventato punto di riferimento per tanti giovani che si affacciano al mondo dell'*automotive*. Prima che la faccenda diventi

di dominio pubblico, e credo che sia vostro interesse che questo non avvenga, vi chiedo di prendere una decisione d'imperio: rilasciatelo, e presto!»

Dal canto suo, Tamaro era rimasto impassibile, una mano sotto il mento e lo sguardo tra il basito e il divertito, scambiandosi ogni tanto uno sguardo complice con Cirillo.

«Allora, avvocato, possiamo parlare un po' anche noi?»

«Devo insistere che…»

«Insista ma ora io ora devo interrogare il teste… Allora, ingegnere, questa è la deposizione che lei ha fatto al commissario Cirillo…» Gli spinse dei fogli davanti. «Conferma tutto? Tenga presente che la falsa testimonianza si aggiungerà ai capi d'accusa che le sono imputati.»

«Pretendo di conoscere quali sono» s'intromise Lamanna.

«Avvocato, lasci rispondere prima il suo assistito. Allora, Dimaro, conferma?»

L'uomo rimase in silenzio e incerto: non capiva se gli inquirenti stessero bluffando oppure avessero delle prove. Non sapendo cosa fare, guardò supplice il suo legale che intervenne: «Sostituto, ma non vede lo stato di prostrazione dell'ingegnere che è rimasto in isolamento per ben quarantotto ore? Come pretendete che abbia la lucidità di rispondere dopo aver subito una tale ingiustizia? In cuor suo vorrebbe rispondere, ma lo stato di confusione mentale nel quale è caduto, lo intimorisce e gli fa temere le conseguenze che potrebbe subire».

Cirillo era infastidito dalla prosopopea dell'avvocato mestierante. «Avvocato, ci dica solo se il suo assistito vuole rispondere o meno, così non perdiamo tempo e gli leggiamo subito i capi d'accusa.»

«Che avreste dovuto comunicargli immediatamente, il che vi mette in una condizione assai critica, signori. Le procedure si rispettano!»

«E allora?» sbottò il commissario.

«Allora, fin quando non ripristinerete la legalità, il mio assistito si avvarrà della facoltà di non rispondere.»

«Benissimo» rispose Tamaro, tirando fuori il faldone dalla sua borsa. «Signor Dimaro, lei è accusato di concorso esterno nell'omicidio di Enrico Scioscia, di associazione mafiosa e falsa testimonianza. Questo è il rapporto, avvocato, così potrà studiarsi il caso. Intanto lei, ingegnere, rimarrà detenuto fino al processo di primo grado… Va bene, commissario Cirillo, direi che possiamo andare.»

«Un momento!» gridò Lamanna dopo un attimo di esitazione. «Parliamone.»

«Ma come, Lamanna? Lei ha appena detto che il suo assistito si avvale della facoltà di non rispondere…»

«Sostituto, vorremmo poter rilasciare dichiarazioni spontanee, a integrazione e modifica di quanto è stato detto in precedenza.»

Tamaro guardò Cirillo: «Commissario, che facciamo?».

«Dottore, ascoltiamo pure.»

Dimaro si accomodò meglio sulla sedia e cominciò a parlare con tono sommesso.

«Con la storia della Bmw modificata io non c'entro nulla. È vero che conoscevo Enrico Scioscia, ma solo di vista…»

«Sa che indagheremo su questo» lo interruppe Cirillo.

«Forse qualche volta sarà anche venuto nella mia officina, ma lo ricordo vagamente. Io non c'entro nulla con la camorra e con il clan. Non so dirvi altro e non so chi vi abbia detto falsità sul mio conto, però so che occorrono fatti per incriminare una persona, non chiacchiere malevole messe in giro ad arte.»
Cirillo notò subito che l'uomo stava mentendo. Si comportava in modo innaturale, si toccava continuamente l'orecchio destro e non guardava mai negli occhi i propri interlocutori.
«Bene!» suggerì al procuratore. «Se questa è la sua deposizione, direi che possiamo spostarlo dall'isolamento al padiglione Palermo.»
«Ma nel padiglione Palermo ci sono gli affiliati al clan Sorrentino!» reagì Lamanna.
«E allora?» chiese il commissario.
«E allora la vita del mio assistito potrebbe essere in pericolo.»
Tamaro lo fissò spazientito, poi sbottò. «Avvocato, le abbiamo già dato una possibilità, la nostra pazienza è finita! Visto che continuate a fare i furbi, giochiamo a carte scoperte.» Mostrò fogli colmi di annotazioni e immagini: «Queste sono le impronte digitali che abbiamo trovato sui monitor installati dentro l'auto, precisamente vicino ai punti di fissaggio con la carrozzeria; queste sono le impronte digitali di Dimaro. Identiche. Questa è la fattura che ha emesso *Elettrocomputer srl*, dove sono stati acquistati i monitor, come si evince anche dai numeri di serie. Vuole sapere a chi sono intestate, ingegnere? Alla sua azienda».
Lamanna rimase a bocca aperta. Fissò il suo assistito con sguardo severo e sorpreso e si capiva che non era

stato sincero nemmeno con lui. «A questo punto credo che sia il caso di fare una confessione piena» disse l'avvocato. «Però, dottore, lei ci deve garantire la protezione del mio assistito e della sua famiglia.»

«A questo ci abbiamo già pensato.»

Lamanna fissò Dimaro, come a dire: *ora ti conviene parlare, io non posso fare più nulla.* L'ingegnere si strinse la testa tra le mani, tirò un grande sospiro e iniziò.

«Tutto è cominciato cinque anni fa. Venne nella mia officina Enrico Scioscia con altre due persone del clan. Mi disse che per lavorare in quella zona occorreva necessariamente la loro protezione, altrimenti potevano accadere cose spiacevoli.»

Tamaro lo interruppe: «Le hanno chiesto soldi?».

«No, mi chiesero di sistemare le loro automobili.»

«In che senso?»

«Vede, dottore, tutte le automobili sono controllate da una centralina elettronica che gestisce tra l'altro anche la potenza del motore. Le auto che compriamo, soprattutto quelle sportive, sono limitate nella velocità massima e nei parametri di accelerazione e ripresa, per motivi di sicurezza. Però, se si riprogramma la centralina con apposite apparecchiature, si può fare in modo che un'auto aumenti anche del trenta per cento le proprie prestazioni.»

«Quindi, se ho ben capito, il clan le faceva *sistemare* le auto in cambio della sua protezione?»

«Esatto. Il mio interlocutore era Scioscia, non conosco altri. Veniva una, due volte al mese per fare dei lavori. Tra di noi si stabilì anche un certo rapporto di confidenza, tanto che mi raccontava anche degli affari del clan e di come venissero investiti i soldi.»

«Così è venuto a sapere che compravano e rivendevano pietre preziose. Poi le hanno fatto sistemare anche l'auto di Del Gaudio. Vero?»

«Proprio così. È un loro corriere importante, ha un doppiofondo sotto il pianale dell'auto dove nascondono i soldi che lui porta con sé quando è in giro per maratone. Arrivato sul posto, lascia l'auto in garage, vengono presi i soldi e a lui viene consegnata la bottiglia con dentro i diamanti.»

«Invece, per quanto riguarda la Bmw?»

«Un giorno gli dissi che potevo fare un'auto con guidatore invisibile. Lui prima si mise a ridere, poi di colpo si fece serio. Aveva capito che un'auto del genere poteva essere molto utile. Mi disse che mi avrebbe portato un suv il giorno successivo, e che se io avessi veramente fatto ciò che avevo appena detto, lui mi avrebbe dato centomila euro. Accettai e mi misi subito al lavoro. Dopo venti giorni, l'auto era pronta.»

«Se ho ben capito, veniva utilizzata soprattutto di notte, cosicché potesse sfuggire anche alle telecamere.»

«Sì, dottore, di giorno poteva essere notata subito un'auto così.»

«E con Del Gaudio cos'è successo?»

«Ha provato a fregare il clan ma non c'è riuscito. È un giocatore accanito, pieno di debiti e ha provato a sottrarre i diamanti. Carmine Puca se n'è accorto e l'ha fermato appena in tempo. Poi ha riferito tutto ai Sorrentino, che gli han messo alle costole Scioscia insieme a un ragazzo della paranza. Enrico, che non conosceva Del Gaudio, ha fatto un errore grave: ha rapito Esposito e per questo è stato ucciso.»

«Quindi del Gaudio è vivo e libero?»

«Sì, e non sanno che fine abbia fatto. Ma prima o poi lo prendono.»

«Esposito, invece?»

«Sciolto nell'acido, era un testimone scomodo.»

Cirillo rabbrividì. Pensò a Elena e capì che era sotto ricatto da parte di Del Gaudio, il quale aveva nuovamente provato a rubare i diamanti e ora li voleva recuperare per pagare i suoi debiti o per fuggire all'estero.

Tamaro ripose il faldone nella sua borsa, poi guardando l'avvocato Lamanna disse: «Per il momento Dimaro rimarrà in isolamento. Nei prossimi giorni la sua famiglia sarà trasferita in un luogo sicuro con una nuova identità. Lei, ingegnere, li raggiungerà nel giro di sette giorni e visto che ha accettato di testimoniare, godrete del "programma protezione". Ci rivedremo per i prossimi interrogatori: faccia mente locale e si ricordi tutto quello che può essere utile per le indagini, anche i particolari che a lei sembrano insignificanti».

Quindi salutò e lasciò il carcere in compagnia di Cirillo…

Il commissario era nel suo ufficio. Di fronte a lui, Lofabio. Cercavano di capire e di interpretare la confessione di Dimaro, anche se Antonio faticava a concentrarsi, preoccupato per la sorte di Elena e sentendosi colpevole di aver provocato il suo sequestro.

Dopo aver letto per la terza volta il verbale dell'interrogatorio, l'assistente disse: «Commissario, come dice lei, mancano ancora pochi tasselli per completare il puzzle, ma sono quelli determinanti a svelare il volto del colpevole».

«Credo che i colpevoli di questa storia siano due, e che abbiano agito in modo indipendente l'uno dall'altro: uno è Monaco, l'altro lo scopriremo presto, anche se penso che sia Del Gaudio.»

«Lei dice che i due non sono complici?»

«Si sono mossi autonomamente, anche se avevano lo stesso movente.»

«E cioè?»

«Sono tutti e due pieni di debiti: Del Gaudio è stato rovinato dal vizio del gioco, Monaco si è indebitato per il suo negozio, come suggerisce questa informativa di Palmese.»

Il telefono di Cirillo cominciò a vibrare, muovendosi lentamente sul tavolo di vetro. Apparve il numero del suo amico gioielliere.

«Mi chiami per il caffè?»

«No, per un altro motivo. Mi ha appena telefonato un tizio, un tale Gennaro Esposito.»

«Che nome di fantasia!»

«Comunque mi ha chiesto se sono interessato all'acquisto di alcuni diamanti. Gli ho risposto che avrei dovuto vederli prima e lui mi ha detto che sta venendo adesso al negozio.»
«Ha molta fretta di vendere.»
«Sì, mi ha anche chiesto un anticipo.»
«Raffaele, veniamo subito da te. Ci nascondiamo nel bagno e aspettiamo assieme questo Gennaro Esposito.»
«Ok, ti aspetto.»

Presa la giacca, indicò a Lofabio di far presto e raggiunsero a passo svelto la gioielleria.
«Non è che questo Esposito sia un emissario di Alberto Monaco?»
«Nicola, è un disperato con un nome falso. Se è come dico io, ci stanno giusto consegnando il penultimo tassello del nostro puzzle.»
Giunti al negozio, Cioffi li accolse con ansia. «Entrate, presto, e nascondetevi in bagno. L'uomo mi ha appena richiamato per conferma, e sarà qui tra due minuti.»
«Perfetto» concordò Cirillo. «Tu dopo che è entrato blocca la porta blindata. Poi, dopo che hai visto i diamanti, di' che devi prendere i soldi. Entra in bagno, noi usciamo e lo blocchiamo.»
Attesero pochi minuti e il campanello cominciò a trillare. Poi udirono il rumore metallico della serratura elettrica e infine la porta che si richiudeva.
«Sono Gennaro Esposito, ci siamo sentiti poco fa.»
«Ha con sé i diamanti?»
«Ne ho portato uno, eccolo.»
Cioffi prese un foglio di carta, ce lo poggiò sopra e cominciò a scrutarlo con il monocolo.

«Taglio brillante, circa un carato, "Serie Cape D". Significa che è quasi trasparente, incolore e *Very Small Inclusion*. Ci sono poche imperfezioni, difficili da vedere…»

Poi prese una piccola bilancia digitale, la tarò sui milligrammi e ve lo poggiò sopra.

«Pesa duemilacentotrentaquattro milligrammi, zero virgola ventuno grammi, quindi poco più di un carato.»

«Quanto può darmi?»

«Se lei mi indica la provenienza e mi fa l'autocertificazione, posso arrivare anche a diecimila euro.»

«E se facciamo senza?»

«In questo caso, visto il rischio che corro, gliene posso dare al massimo duemila. Lei capisce, qua si va sul penale…»

«Facciamo duemila e cinque?»

«Va bene. Ma ne ha altri?»

«Sì, molti altri. Gliene porterò un paio al giorno. Ma voglio solo contanti, e faccia presto che ho premura.»

Il tizio era molto nervoso, non vedeva l'ora di prendere i soldi e uscire dal negozio. Era in uno stato d'ansia tale che gli tremavano le mani continuando a sbattere le palpebre. Cioffi prese il diamante e lo mise in un cassettino blindato che aveva sotto il bancone. Lo chiuse a chiave e poi aggiunse: «D'accordo, vado a prendere i duemilacinquecento nello stanzino sul retro».

Il commerciante si girò e aprì la porta. Con un gesto velocissimo, Cirillo e Lofabio lo spinsero nel bagno e chiusero. In meno di un secondo si ritrovarono di fronte all'uomo, che restò agghiacciato.

«Monaco, buongiorno. Che ne pensa di seguirci in commissariato? Così parliamo con più tranquillità» lo invitò il commissario, con facile ironia.

Alberto portò le mani al volto e cominciò a singhiozzare, in preda a una vera e propria crisi di nervi. «Sono finito!» urlò piangendo. «Finito! E chi lo dirà a mia moglie, ai miei figli...»

«Be', credo che lo verranno a sapere presto. Ma le prometto che se collaborerà, farò in modo che il giudice ne tenga conto. In fondo potrebbe cavarsela con poco, dal momento che è incensurato.»

«Commissario, ho rilevato il negozio di scarpe tre anni fa, utilizzando i risparmi di una vita. Dopo un anno, non solo non avevo recuperato un centesimo di quanto avevo investito, ma cominciai a chiedere prestiti alla mia banca per onorare i creditori. Le spese del fitto del negozio, le utenze, lo stipendio per la commessa, le tasse... Mi avevano messo in ginocchio. Dopo due anni, ero talmente esposto che ho ipotecato la casa per far sì che la banca mi concedesse altri prestiti. Poi hanno chiuso i rubinetti e allora mi sono rivolto ad amici di amici.»

«È finito in mano agli strozzini?»

«Proprio così. All'inizio erano perfino gentili. Poi quando hanno visto che non riuscivo a saldare, hanno cominciato a minacciarmi. Mi hanno concesso solo qualche proroga in cambio della faccenda delle scarpe.»

«Ma come si è accorto del contenuto del tacco?»

«Per caso. Un giorno trovai Maria che si era addormentata nello sgabuzzino. La svegliai e lei dallo spavento mi lanciò una di quelle scarpe in testa. Dopo qualche ora, tornai nello stanzino e mi resi conto che il tacco si stava quasi scollando dalla scarpa. Vidi il fermo che si era sganciato e con un po' di pazienza il contenuto mi si rivelò.»

«E Maria Costa, quanto è invischiata?»

«No, commissario, se ne sarà accorto anche lei: è una ragazza intelligente ma decisamente ingenua. Non sa nulla di questa faccenda.»

«Continui, poi cos'è successo?»

«Dopo qualche giorno, ho fatto delle ricerche su Internet e ho scoperto l'esistenza dei diamanti sintetici. Ne ho comprati alcuni, li ho confrontati con i veri. Erano identici!»

«Quindi ha pensato di sostituirli.»

«Sì. Ero disperato e non sapevo come uscirne. Mia moglie cominciava a sospettare qualcosa, io non riuscivo a portare abbastanza soldi a casa. Neanche le bollette o la retta per la scuola di nostra figlia potevo pagare. Ora non so come uscirne...»

«Mi parli del ruolo di Del Gaudio in questa storia.»

«Un giorno mi chiamò e mi anticipò che sarebbe venuto un certo Pica a parlarmi. Poi mi promise che avrebbe pagato tutti i miei debiti se gli avessi fatto un favore.»

«Quale?»

«Semplicemente informarlo non appena il fattorino avesse ritirato la scatola. Ma io capii che non avrebbe mai mantenuto la parola, così ho fatto lo scambio e l'ho avvisato usando il telefono del bar.»

«Quindi, quando noi ci siamo incrociati all'ingresso del suo negozio, lei aveva aperto la scatola, sostituito i diamanti e stava andando a telefonare?»

«Sì, mi sono chiuso nello sgabuzzino e ho fatto tutto velocemente.»

«Che ne pensa, capo?»

«Penso che Del Gaudio abbia atteso il fattorino, probabilmente in un tratto di strada isolato. Gli abbia sparato e preso la scatola» concluse Cirillo, che adesso trovava più facile ricomporre tutti i pezzi della storia…

Mancavano pochi minuti alle sette. Antonio si stava accingendo a lasciare l'ufficio, quando Palmese entrò. Aveva aggrottato le ciglia e guardava un foglio che stringeva nella mano destra con espressione interrogativa, mentre si portava la sinistra dietro la nuca.

«Commissario, una notizia strana che non riesco a decifrare.»

«Che cosa non riesci a capire?»

«Ci hanno appena scritto i colleghi di Fiumicino, quelli che controllano l'aeroporto. Pare che sia stato acquistato un biglietto per il volo da Roma a Brasilia per domani mattina alle cinque e quarantacinque.»

«Da chi?»

«Questo è il punto: da tale Vincenzo Esposito, nato a Napoli il 15 settembre 1989. Ma non era morto? Non è stato ucciso dai Sorrentino?»

Cirillo depose la borsa sulla scrivania, risistemò la giacca sull'attaccapanni, prese il cellulare e chiamò Lofabio.

«Nicola, vieni subito nel mio ufficio, ci sono grosse novità.»

Quello si precipitò e trovò il capo che camminava su e giù per l'ufficio, la solita matita nella mano destra che faceva volteggiare nell'aria per mettere in fila i pensieri.

«Palmese mi ha appena detto che è stato acquistato un biglietto per Brasilia da tale Vincenzo Esposito nato a Napoli il 15 settembre 1989. Poiché siamo certi che non si tratti di omonimia e al contempo sappiamo pure che il vero Esposito è stato ucciso dai Sorrentino, questo significa una sola cosa.»

«Che si tratta di Del Gaudio!»

«Corretto!»

«Questo significa, capo, che lei stanotte riceverà la telefonata del rapitore?»

«Significa che dobbiamo stare tutti pronti. Per prima cosa diciamo ai colleghi di Fiumicino di bloccare il sedicente Vincenzo Esposito appena arriva alle partenze. Poi mi occorre un GPS, cosicché mi possiate localizzare. Sono certo che Del Gaudio non mi farà portare il telefono con me, Infine mettete un'auto civetta sotto casa mia.»

Lofabio trasse le somme di un ragionamento che si era andato formando dentro la sua testa: «Quindi, commissario, lei vuole cedere i diamanti per liberare la Cerbone?».

«Sissignore. Io l'ho messa in questa situazione e io la devo liberare. Lo so, è pericoloso ma non ho scelta. Consegnerò al rapitore i diamanti veri, perché non possiamo mettere ulteriormente a rischio la vita di Elena. Sono certo che li controllerà bene prima di restituircela viva.»

Palmese, intanto, aveva lo sguardo di chi avesse appena ricevuto l'illuminazione divina.

«Pasquà, ti è apparsa la Madonna?»

«No, commissario, è che finalmente ho capito tutto!»

«Bravo, meglio tardi che mai. Ora vammi a prendere il GPS che me lo metto in tasca. Tu, invece» disse rivolto a Lofabio, «mi starai alle calcagna appena Del Gaudio mi chiamerà.»

L'assistente capo estrasse dai pantaloni il suo telefonino.

«Lo prenda, capo. Ci terremo in contatto con quello di Palmese.»

«Meglio di no, Nicola. Se se ne accorge mettiamo in pericolo Elena. Piuttosto, scrivo una mail a Tamaro per avvisarlo. Voi due potete andare a casa a cenare, ci vediamo sotto casa mia tra un'ora per organizzare il tutto.»

«E se Del Gaudio la chiama mentre noi siamo via?» chiese Palmese, che era solito ipotizzare possibili scenari imprevisti.

«È improbabile. Del Gaudio avrà calcolato tutto: dovrà prima recuperare i diamanti, poi arrivare all'aeroporto. In tutto ci vorranno circa quattro ore, quindi, se ho fatto bene i calcoli, dovrebbe chiamarmi tra l'una e le due.»

Rimasto solo, si mise al computer intento a inviare la relazione. Mentre scriveva, sullo schermo apparivano le notifiche delle mail ricevute. Quasi tutti messaggi pubblicitari. All'improvviso, però, l'attenzione gli cadde su un messaggio in basso a destra: *Se vuoi davvero risparmiare.* Non fece in tempo a scomparire dallo schermo, che ne apparve subito un altro: *Se vuoi davvero rivedere Elena viva.*

Era stato inviato dal mittente *Ultimo Avviso*, un account falso creato da Del Gaudio per comunicare e molto probabilmente inviato da un Internet point per non essere rintracciato. Cirillo aprì immediatamente il messaggio.

Se vuoi veramente rivedere Elena viva, segui scrupolosamente le istruzioni:
Prendi i diamanti e mettili in una busta. Lascia il tuo telefono poggiato sul davanzale della finestra del tuo

ufficio in modo che si possa vedere dall'esterno. Non avvisare nessuno! Se provi solo a fare una telefonata, Elena muore. Alle dieci e dieci esci dal tuo ufficio, arriverai a via Santa Lucia alle dieci e venti. Vicino al civico ventiquattro è parcheggiata una Bmw X1 di colore grigio. Troverai la portiera aperta e la chiave sotto il parasole. Metti in moto e accendi il navigatore, la destinazione è già impostata. Rispetta la mappa e non fare nessuna deviazione. A ogni tuo ritardo sulla tabella di marcia, anche di un solo minuto, le taglierò un pezzo cominciando dall'orecchio. Attendi nuove istruzioni.

Erano le dieci e otto minuti. Cirillo inviò la mail a Tamaro, senza avere il tempo di avvisare Lofabio e Palmese. Quindi poggiò il telefono sul davanzale, prese i diamanti e si precipitò in via Santa Lucia al civico ventiquattro. Alle dieci e venti precise era dentro l'auto indicata nel messaggio. Abbassò l'aletta parasole e vide cadere la chiave elettronica sulle sue gambe. Era dentro un portachiavi rettangolare, di quelli dove si possono inserire delle piccole foto. Lo girò e vide quella di Elena legata e imbavagliata. Infilato nell'anello del portachiavi, oltre alla chiave elettronica, c'era un microtelefono cellulare, di quelli alti sette centimetri e larghi tre. Lo sentì squillare.

«Pronto!» urlò.

Dall'altra parte rispose una voce sintetizzata, che ricordava molto quella del suo navigatore.

«Bene, vedo che per ora sei puntuale. Metti in moto la macchina e non ti fermare mai. Il carburante è sufficiente per quel che devi fare.»

Cirillo eseguì l'ordine immediatamente. La mappa indicava l'Autostrada del Sole, direzione Roma…

Cirillo eseguì l'ordine immediatamente. La mappa indicava l'Autostrada del Sole, direzione Roma…

Lofabio e Palmese erano ormai da un quarto d'ora sotto casa di Cirillo. Avevano provato a citofonare senza risposta. Pensarono che il capo avesse sicuramente ricevuto una telefonata dal procuratore Tamaro. Alle dieci e venti lo chiamarono, ma il telefono squillò a vuoto per due volte. Decisero allora di raggiungere il commissariato.

L'agente di servizio di notte era al telefono, stava raccogliendo una segnalazione. Vide i due poliziotti sfrecciargli davanti senza nemmeno salutarlo. Raggiunsero l'ufficio di Cirillo e videro il telefono.

«È andato all'appuntamento. Guarda, nella fretta ha lasciato il pc acceso.»

Palmese lesse la mail del rapitore. Aprirono il programma di localizzazione e cercarono Cirillo.

«Eccolo! È sulla Napoli-Roma, sta prendendo l'uscita per Capua.»

Cirillo udì la voce del navigatore ordinargli: *Tra trecento metri svoltare a destra. V*ide una piccola stradina sterrata, la imboccò e dopo pochi metri gli apparve un camion furgonato fermo che bloccava del tutto la via. Le due grandi porte posteriori erano aperte: due scivoli poggiati tra il camion e la strada permettevano all'auto di salirci dentro. Capì che non aveva scelta. Sentì il rumore delle gomme anteriori stridere sugli scivoli d'acciaio zigrinati. Poi anche le posteriori aderirono al metallo, e in men che non si dica fu all'interno. Non fece in tempo a spegnere la macchina che udì le porte del camion chiudersi alle sue spalle. Uscì dall'auto, facendo luce con il microtelefono, toccò le pareti e si rese conto che erano rivestite in piombo. Era stato schermato ogni possibile segnale con l'esterno. Fece appena in tempo a mettere il telefono in tasca, che il camion partì velocemente. Il cassone era illuminato dai fari dell'auto, Cirillo sedette e cominciò a pensare a come uscire da quella inaspettata situazione.

Lofabio e Palmese videro improvvisamente sparire il segnale sul PC.
«L'hanno schermato. E ora cosa facciamo?»
«Avvisa subito Tamaro, lui certamente ci darà indicazioni» ordinò Lofabio.
Palmese scrisse una mail riportando l'accaduto e dettagliando tutti i particolari. Dopo pochi secondi, il telefono stava già squillando: «Sono Tamaro. Quell'incosciente di Cirillo si è messo di nuovo nei guai!?».
«Dottore, attendiamo ordini.»
«Avvisate subito la stradale di bloccare ogni camion nel giro di venti chilometri da Capua. Poi mandate tre pattuglie all'aeroporto di Capodichino.»
«Voleva dire di Fiumicino? Il biglietto intestato a Vincenzo Esposito è stato comprato per l'aeroporto romano.»
«Sveglia, Palmese, quello è un depistaggio! Il biglietto è stato comprato on line appunto per farci andare tutti lì. Fatevi dare gli elenchi di tutte le persone in partenza nelle prossime due ore, hai capito?»
«Sì, dottore. Ci attiviamo subito.»
Intanto Cirillo sentì il camion fermarsi. Dalla parete che divideva il cassone dalla cabina del guidatore si

aprì in alto una porticina. Un sasso cadde sul pavimento in metallo, con un rumore secco. Cirillo si avvicinò e vide che era avvolto dentro un foglio di carta. Sotto la luce dei fari lo lesse: *Lascia i diamanti sul sedile. Quando senti la porta aprirsi, aspetta tre minuti e poi scendi dal camion. Fai lentamente trecento passi, poi gira nella traversa che vedrai alla tua sinistra, e fai altri duecento passi. Là troverai le istruzioni per arrivare a Elena. Se scendi prima o ti metti a correre, non la troverai viva.*

Sentì lo scatto della serratura che apriva le porte posteriori. Era l'una. Guardò la lancetta dei secondi del suo orologio e contò per tre volte i sessanta secondi che mancavano. Appena trascorsi, scese dal camion e cominciò a misurare i passi. Arrivato a cento, sentì il camion partire. Solo allora si rese conto di essere in aperta campagna. Davanti a lui c'era un casolare, lo raggiunse e girò lungo il muro perimetrale. Dopo altri cento passi, vide un secchio della spazzatura, uno di quelli cilindrici in metallo. Tolse il coperchio e svuotò il contenuto a terra. Tra bucce di frutta e scarti alimentari, trovò un foglio piegato in quattro. Lo aprì, lo illuminò con la luce del display e lesse un indirizzo: *Via del Serbatoio, 15 - Napoli.*

Compose il numero del commissariato di Chiaia.

«Pronto, sono Cirillo.»

«Commissario, finalmente, dove si trova?» chiese Lofabio.

«Non lo so. Controllate il GPS, ora dovrei essere raggiungibile.»

L'assistente si precipitò al pc e vide che il puntino rosso che indicava la sua posizione era attivo.

«La localizziamo nelle campagne di Pomigliano, ora la veniamo a prendere.»

Nel giro di venti minuti, con le sirene spiegate, il commissario Cirillo fu recuperato.
«Presto, andiamo subito in via del Serbatoio, 15. La nostra prigioniera dovrebbe stare là. Ma prima manda Palmese all'aeroporto, prima che Del Gaudio voli via.»
«All'aeroporto di Capodichino? Il dottor Tamaro è certo che parta da lì. Sostiene che Fiumicino sia un depistaggio.»
«Sicuro! Del Gaudio mi ha lasciato a Pomigliano, che dista solo pochi minuti dall'aeroporto. Questo significa che il suo aereo partirà tra poco…»

Via del Serbatoio è una stradina sormontata dalla tangenziale di Napoli. Nonostante sia in uno dei quartieri più popolosi e famosi, quello della Sanità, è un luogo immerso nel verde. Isolato ma allo stesso tempo centrale, con poche case, piccole costruzioni monofamiliari.

Lofabio aveva appena restituito il cellulare a Cirillo, che iniziò a squillare.

«Pronto, dottor Tamaro.»

«Cirillo, vedo che l'hanno liberata. Dove si trova ora?»

«Sono con Lofabio in via del Serbatoio. Nel biglietto che mi ha lasciato Del Gaudio, al civico 15 dovrei trovare la Cerbone.»

«Ne dubito. In ogni caso vada a vedere, io la raggiungo. Sarò li tra venti minuti.»

Quelle parole lo fecero piombare nel panico: "Perché ne dubita? Sa forse qualcosa?".

Mille ipotesi cominciarono a farsi largo nella sua mente. E se Elena era stata fatta fuori? Forse Del Gaudio, raggiunto il suo scopo, l'aveva uccisa per eliminare un testimone d'accusa nei suoi confronti…

La voce di Lofabio lo distolse dai suoi pensieri: «Ecco il numero 15, capo. È una stalla…».

L'assistente capo scese dall'auto e aprì una piccola porta in legno lungo il recinto che delimitava il perimetro. Dalle condizioni del manufatto e dalle erbacce che gli erano cresciute dappertutto, capì che era abbandonata da anni. Giunti all'ingresso, Lofabio impugnò la pistola tenendo le spalle poggiate alla parete. Cirillo con un calcio sfondò la porta.

Si udì il fruscio di qualche topo, che spaventato dal frastuono scappò fuori. Con la torcia del telefono, il commissario vide dei cumuli di fieno e un vecchio carretto in un angolo. Si inoltrò all'interno e riconobbe la sagoma di una persona distesa di spalle.

«Eccola!»

Si precipitò, le mise la mano sulla spalla destra e la girò per vederne il viso. Improvvisamente sbiancò. Era certo di vedere il volto angelico di Elena, e invece si trovò di fronte il brutto muso di Del Gaudio che se la dormiva beatamente.

In quel preciso momento entrarono nella stalla Tamaro e Palmese. Il primo aveva in mano l'elenco dei passeggeri appena partiti dall'aeroporto di Capodichino. Li sventolò in faccia a Cirillo e disse: «Commissario, se credeva di trovare la Cerbone si è sbagliato di grosso. È appena partita con il volo delle tre e venti per la Malesia. Kuala Lumpur, di preciso».

«La Malesia?» chiese Antonio, stordito da quell'inaspettata rivelazione.

«Un luogo scelto con cura, Cirillo, visto che si tratta di uno dei pochi Paesi al mondo con il quale non esiste accordo per l'estradizione. Dunque, alla fine della giostra, abbiamo almeno scoperto che la signora, oltre a essere bella, è anche molto intelligente, e ci ha fregati un po' tutti...»

Dilaniato da quell'epilogo, Antonio cercava ancora una spiegazione diversa, poiché né la sua anima, né tantomeno la sua mente intendevano arrendersi all'evidenza. Non riusciva ad ammettere che Elena lo avesse raggirato, e finto tanto bene da convincerlo della sua innocenza.

Intanto Lofabio cercava di svegliare Del Gaudio. Dopo qualche tentativo, l'uomo aprì gli occhi, aggrottò le sopracciglia e si portò la mano dietro la nuca. Sul suo volto apparve una smorfia di dolore.

«Allora, vuole dirci che cosa è successo?» lo incalzò Tamaro.

Del Gaudio riuscì a fatica a rendersi conto di cosa stesse accadendo. Cirillo sbottò: «Ti conviene collaborare, sennò con le prove cha abbiamo ti sbattiamo in galera per i prossimi trent'anni».

L'uomo si sedette su una balla di fieno e si sfregò le mani sul viso.

«Tutto è cominciato quando il mese scorso, dopo aver fatto da pony ai Sorrentino per due anni, chiesi la mia buonuscita. Provai a fregarli con un carico, ma venni bloccato.»

«Da Enrico Scioscia?» chiese Tamaro.

«Sissignore. Enrico capì tutto, voleva la sua parte. Allora decidemmo di inscenare la fuga durante la maratona. Anche la sostituzione con Esposito era stata programmata.»

«Ma i Sorrentino se ne sono accorti e l'hanno fatto fuori» dedusse il procuratore.

«Proprio così. Io però non mi sono arreso. Sapevo che Elena faceva il corriere per i Sorrentino, la contattai e le dissi che se avesse voluto rivedere vivo suo marito, avrebbe dovuto fare quello che dicevo io.»

«L'ha ricattata?»

L'uomo annuì. «Lei non sapeva che Vincenzo era già morto. Poi telefonai a Monaco per sapere quando ci sarebbe stata la consegna in negozio.»

Cirillo intervenne: «Ha scoperto che i diamanti erano finti e ha inscenato il rapimento della Cerbone. Esatto?».

«Proprio così, commissario. E tutto è filato liscio fino all'incontro nella stalla. Io sarei dovuto partire con i diamanti da Fiumicino. Elena mi aveva comprato un biglietto per Brasilia, io poi le avrei detto dove si trovava il marito.»

«E invece cosa è successo?»

«Mi sono girato un attimo e ho sentito una gran botta alla nuca. Poi quella cagna mi ha spinto un fazzoletto sulla faccia e non ricordo più nulla.»

Tamaro si produsse in un applauso di scherno. «E brava la Cerbone! Ha preso per i fondelli Del Gaudio, i Sorrentino e...» Con un ampio gesto della mano indicò Antonio che, stravolto, non aveva la forza di reagire. Il funzionario si rivolse poi agli agenti che presidiavano la stalla, indicando Del Gaudio. «Portatelo a Poggioreale... Ah, Cirillo, ricorda quell'accenno di promozione che le predissi?»

«Promozione, dottore?»

«Ma sì. Ho appena saputo che il vecchio commissario di Orgosolo è andato in pensione e sono certo che lei lo sostituirà egregiamente...»

Cirillo fu accompagnato a casa sua da Lofabio, in silenzio. Durante tutto il tragitto smise di pensare alla traditrice, e ancora gli bruciava. Aveva veramente creduto nei suoi sentimenti e per qualche settimana aveva dimenticato di essere un commissario di Polizia, fidandosi di lei e dell'amore. Giunto sotto il palazzo, l'assistente lo salutò con una pacca sulla spalla.

«Ci vediamo domani, commissario. Ormai si è fatto giorno, le farebbe bene dormire un po'.»

Cirillo fece cenno di sì con la testa, salutò stancamente e si avviò lungo le scale. Giunto alla porta del suo appartamento, fece girare tre volte la chiave nella serratura e aprì la porta. Sotto l'uscio c'era una busta da lettera con su scritto: *Per Antonio da Elena.*
Si affrettò ad aprirla.
Dentro, un foglio con su scritto *Ti aspetto* e un biglietto di sola andata per Kuala Lumpur…

RINGRAZIAMENTI

Lo strano caso del commissario Cirillo è stato il mio primo romanzo giallo. Scritto durante il lockdown nel 2021 ebbe un discreto successo di vendite. Sono poi seguito altre due avventure del commissario Cirillo: *Il mistero dei Maronti* e *Delitti in Ordine*. Come accade sempre nella vita, il percorso di crescita del personaggio si è andato definendo nel corso di questi tre anni. Questo ha reso necessaria una riscrittura del primo testo. Di ciò sono grato a Carlo Animato, uno degli ultimi maestri del giornalismo. Con il suo immenso bagaglio fatto di cultura trasversale e di estrema attenzione ai dettagli, anche a quelli *invisibili*, che sfuggono a qualsiasi occhio attento e allenato, ha reso il testo migliore.

Questo libro è un'opera di fantasia. Ogni riferimento a persone, luoghi ed eventi realmente esistiti è frutto dell'immaginazione dell'autore e deve ritenersi puramente casuale.

9 788889 475814